DE
CÓMO tía Lola

salvó el verano

Elogios a los libros de las historias de tía Lola

DE CÓMO **tía Lola** vino ~~de visita~~ a quedarse

★ "La calidez de cada uno de los personajes y la sencilla música de la narración atraerán a los niños, al igual que el juego de palabras". —*Booklist,* Recomendado

"El libro logra unir dos culturas sin mezclarlas, permitiendo que permanezcan intactas, mientras Miguel va aprendiendo a hacer lo mismo con su propia vida. Como todas las buenas historias, esta incluye una pequeña lección, plasmada en forma tan sutil que los lectores no la percibirán como enseñanza. Y al final tendrán una mejor comprensión de sí mismos y de los demás, sin importar la lengua materna que hablen".
—*Kirkus Reviews*

"Los lectores disfrutarán las situaciones divertidas, se identificarán con la manera en que los sentimientos y las relaciones se desarrollan y se enfrentan, y además recibirán un sabroso bocado de cultura caribeña". —*School Library Journal*

"Un deleite de libro para jóvenes lectores. Julia Alvarez nos ofrece esta entretenida novela breve para el público infantil con la cual captura la atención de estos pequeños lectores y, sin ser intencionalmente moralista, nos enseña la importancia de sentir orgullo por la propia cultura". —*Latina Style*

DE CÓMO **tía Lola** aprendió a enseñar

"Un esperado regreso de este personaje en cuyo corazón tiene cabida el mundo entero". —*School Library Journal*

"La más reciente historia de tía Lola, obra de Julia Alvarez, retrata con profunda sinceridad una dinámica familiar poco común, y los lazos afectuosos que unen a los diferentes miembros de la familia están delineados con realismo… Una excelente opción para leer en voz alta en clase… Quienes ya leyeron la primera aventura definitivamente querrán seguir con la segunda, y quienes aún no conozcan la serie de tía Lola no tendrán el menor inconveniente en sumergirse en las historias de la tía preferida de todo el mundo". —*The Bulletin of the Center for Children's Books*

"Una historia cargada de humor y alegría". —*Kirkus Reviews*

DE CÓMO tía Lola

JULIA ALVAREZ

salvó el verano

Las historias de TÍA LOLA

Traducción de Mercedes Guhl

A Yearling Book

Text copyright © 2011 by Julia Alvarez
Translation copyright © 2012 by Mercedes Guhl
Cover art copyright © 2011 by Tatsuro Kiuchi

All rights reserved. Published in the United States by Yearling, an imprint of Random House Children's Books, a division of Random House, Inc., New York. Originally published in hardcover in the United States by Alfred A. Knopf, an imprint of Random House Children's Books, New York, in 2011.

Yearling and the jumping horse design are registered trademarks of Random House, Inc.

Visit us on the Web! randomhouse.com/kids

Educators and librarians, for a variety of teaching tools, visit us at RHTeachersLibrarians.com

Library of Congress Cataloging-in-Publication Data
Alvarez, Julia.
[How Tía Lola saved the summer. Spanish] De cómo tía Lola salvo el verano / Julia Alvarez ; traducción de Mercedes Guhl — 1st Yearling ed.
p. cm.
Summary: When three girls and their father visit for a week in the summer, it takes Tía Lola to make Miguel forget his unhappiness and embrace the adventures that ensue.
ISBN 978-0-307-93023-1 (pbk.) — ISBN 978-0-375-98856-1 (ebook)
[1. Great-aunts—Fiction. 2. Dominican Americans—Fiction. 3. Family life—Vermont—Fiction. 4. Vermont—Fiction.] I. Guhl, Mercedes. II. Title.
PZ7.A48Hoy 2011
[Fic]—dc22
2012931386

Printed in the United States of America

10 9 8 7 6 5

First Yearling Edition 2012

Random House Children's Books supports the First Amendment and celebrates the right to read.

A tía Idalita,
¡por ser tan preciosa y amorosa!
Y también a tío Gus, por su
generosidad de espíritu, ocurrencias
y bondad, que siguen siendo una
bendición.

contenido

Plan para la semana

Uno
Sábado
La llegada de las Espadas
1

Dos
Sábado en la noche
Una búsqueda del tesoro nocturna
17

Tres
Domingo
El reto de Caridad
37

Cuatro
Lunes
Victor, el vencedor
53

Cinco

Martes

Un 4 de Julio especialmente especial para Juanita

71

Seis

Miércoles

Vicky, la victoriosa

89

Siete

Jueves

Las disparatadas expectativas de Esperanza

106

Ocho

Jueves en la noche y viernes

El monstruo de los errores de Mami

123

Nueve

Sábado

El gran juego de Miguel

142

Diez
Sábado en la noche y domingo en la mañana
La partida de las Espadas
159

Agradecimientos
179

DE CÓMO tía Lola

JULIA ALVAREZ

salvó el verano

Uno

sábado

La llegada de las Espadas

Miguel es el primero en darse cuenta de la llegada de las Espadas.

Va bajando las escaleras y mira por la ventana. Tres niñas acaban de bajarse de una *van* y aguardan de pie en la entrada, mirando la casa. En sus caras se nota el mismo abatimiento que siente Miguel al verlas.

Debería avisarle a su mamá, pero por ahora quiere posponer todo lo posible esa invasión femenina. De tres hijos que tiene Víctor, ¿no podía ser niño al menos uno?

En la sala, su mamá y tía Lola al fin pueden descansar un poco. Tienen los pies sobre la mesa de centro. Ha sido una semana muy agitada, de cocinar, limpiar y arreglar las

1

habitaciones en las que Víctor y sus tres hijas van a quedarse. Víctor es el abogado de Nueva York que logró que tía Lola obtuviera el permiso para permanecer en los Estados Unidos. Y ni siquiera le cobró un centavo por hacerlo. De manera que acoger a su familia durante una semana en la amplia granja donde viven es lo menos que pueden hacer para devolver el favor.

Mami nota la expresión pintada en la cara de Miguel.

—¿Sucede algo malo? Recuerda, Miguel, que me lo prometiste —añade antes de que su hijo alcance a responderle qué pasa.

Miguel y Juanita, su hermana menor, le habían prometido a su mamá que serían buenos anfitriones con sus invitados. De hecho, cuando Miguel vio a las niñas, estaba trasladando sus últimas cosas al cuartito del ático que queda junto a la habitación de tía Lola, de manera que Víctor y sus hijas estuvieran en el mismo piso de la casa. Pero hay algo en lo que Miguel no va a ceder de ninguna forma, ni siquiera por una semana: la diversión del verano. Tenía tantas ganas de que terminaran las clases. El quinto curso de primaria no fue exactamente fácil para él (como lo atestiguan sus notas). Y de todas las semanas en las que hubieran podido tener invitados, vienen a coincidir exactamente con el primer gran juego de la temporada, el próximo sábado. Él y sus compañeros de equipo van a tener que entrenar en serio si aspiran a derrotar a las Panteras de

Panton. Mientras tanto, tía Lola aún tiene que acabar de coser sus nuevos uniformes, pues hasta ahora ha estado demasiado ocupada ayudándole a Mami a preparar la casa para las visitas.

—Ya sé que lo prometí —dice Miguel con un suspiro—. Les dejé mi cuarto, ¿o no?

—Ay, Miguelito querido, ¡has sido tan comprensivo! Mi querido Miguelito...

A Miguel no le gusta cuando su mamá se pone sentimental: Miguelito querido esto, Miguelito querido lo otro. Tía Lola le explicó que en español se añade a un nombre la partícula —ito, que da la idea de algo diminuto, como señal de cariño a esa persona. Entonces, ¿por qué lo hace sentir pequeño si sabe que no le gusta que le recuerden que es uno de los más bajos de su curso?

—Recuerda que es la primera vez que las niñas vienen a Vermont —empieza Mami, igual que en todas las explicaciones que ya ha oído. Y luego sigue conque cuando Víctor viajó desde Nueva York en abril pasado para representar a tía Lola en su audiencia ante las autoridades de migración, quedó impresionado por la amabilidad de la gente y la belleza del lugar. Y que ahora está pensando en irse a vivir a Vermont, y por eso lleva a sus tres hijas, de doce, once y cinco años, para que conozcan el estado. Miguel había estado entusiasmado con la visita, hasta que se enteró de que Víctor solo tenía hijas y ningún hijo varón.

3

Mami se le acerca, le toma la cara entre las manos y le planta un beso en la frente. Miguel tiene que reconocer que no ha visto a su mamá tan contenta desde que sus padres se separaron hace año y medio. Y la separación se volvió divorcio a comienzos de año. —Miguel Ángel Guzmán —lo llama Mami por su nombre completo, algo que suele hacer cuando va a señalar un comportamiento que debe corregirse. Pero le sonríe con cariño—. Seguro que vas a sobrevivir. No olvides que entre las mejores personas de este mundo también hay niñas.

Como si esa frase hubiera sido su pista de entrada, Juanita aparece saltando escaleras abajo. —¡Ya llegaron! ¡Ya están aquí! —grita alborotada, como si hubiera un incendio. Antes de que Miguel logre interceptarla, Juanita pasa de largo y abre de par en par la puerta principal. —¡Hola! A que no se imaginan: una de ustedes va a dormir en mi cuarto, las otras dos en el de huéspedes, y Víctor se quedará en la habitación de Miguel, y Miguel se va para el ático...

Miguel no puede creer que su hermana haya dado toda la explicación sobre dónde va a dormir cada quién antes de que hayan puesto un pie en la casa. Y resulta más increíble aún que Mami no le llame la atención. En lugar de eso, pasa al lado de Miguel y baja los escalones de la entrada saludando a los recién llegados. —¿Te ayudo con eso, Victoria? Eres Victoria, ¿cierto? —la más alta asiente

4

con la cabeza—. Y tú debes ser Esperanza —dice abrazando a la mediana, que es casi tan alta como Miguel—. Y tú eres la pequeña Caridad —Mami se agacha y trata de darle un abrazo a la más chiquita, pero esta parece ser supertímida, porque huye hacia la parte trasera de la *van*, donde su padre lucha por abrir la puerta. —¡Hola a todos! —grita—. En un momento estoy con ustedes.

—Y Mami dijo que podíamos hacer una fogata y asar *marshmallows*... y tía Lola nos puede contar historias de espantos y podemos hacer piñatas... —si Juanita sigue hablando sin parar, las otras dos niñas van a seguir el ejemplo de su hermana menor, regresarán corriendo a la *van* para marcharse, y punto final.

Pero no salen huyendo. De hecho, parecen más contentas que cuando acababan de bajarse del vehículo. Miguel recuerda su expresión sombría, mirando la casa como si fuera un reformatorio o una mansión encantada.

—¿Cierto, Mami, que podemos hacer todo lo que queramos? —pregunta Juanita, para confirmar.

—Dentro de los límites de la sensatez —dice Mami, y luego añade—: lo que quieran hacer las niñas —pues se da cuenta de que eso de "los límites de la sensatez" suena como la manera en que una persona adulta diría que no frente a las visitas.

Miguel se queda mirando la alegre escena desde el pasillo de entrada. Más vale que llame a Dean y a Sam, sus mejores amigos, y busquen la manera de encontrar otro lugar que no sea el campo de atrás para las prácticas de béisbol de esta semana que son críticas. Si no, el equipo va a distraerse. Mami insistirá en que Miguel incluya a las invitadas, aunque sea únicamente para observar los entrenamientos. Y con niñas gritando, aplaudiendo y dando brincos, sabe que su brazo de lanzador no va a funcionar muy bien.

De repente, una mano le da un apretoncito en el hombro. —No te preocupes —le dice su tía Lola para consolarlo.

¿Que no hay motivo de preocupación? ¡Claro! Lo que sucede es que tía Lola adora a todo el mundo, niños y niñas, así que ¿qué va a saber de niñas metidas en el medio?

—Las prácticas de béisbol —murmura—, el juego del sábado, nuestros uniformes nuevos, mis vacaciones de verano arruinadas... —recita como si delirara. Es como si de repente volviera a estar en la clase de la señora Prouty, luchando por hilar todos los elementos de una oración. A lo largo de todo el año escolar, la autoestima de Miguel estuvo siempre por debajo de cero, con sus problemas de lectura, su intento de hacerse a la idea de que sus papás ya no están casados. Pero con la llegada de cada nuevo día de las vacaciones, su corazón ha vuelto al lugar que le corresponde, lleno de alegría, esperanzas y confianza en sí mismo...

6

—Tendrán sus uniformes, ganarán muchos partidos, tendrás las mejores vacaciones del mundo. Tu tía Lola se hará cargo de eso —dice ella en español, lo cual hace que Miguel dude de que esas maravillas sean verdaderamente posibles en Vermont, donde reina el inglés.

—¿Y qué hay de las Espadas? —pregunta. Se ha divertido llamándolas así durante toda la semana: "Las Espadas vienen, las Espadas llegan", ya que ese es el apellido de Víctor.

—Yo me ocuparé de ellas —le promete tía Lola, en el momento en que Juanita, las tres niñas, su padre y Mami entran a trompicones a la casa. Como si eso no fuera una invasión suficiente, de algún lugar sale una mancha de pelaje dorado que se abalanza sobre Miguel. Salta y le planta las dos patas delanteras en los hombros, y le lame sonoramente la cara. No parece un comienzo muy convincente para las mejores vacaciones del mundo.

—¡Valentino! —dice la mayor de las niñas, regañando al perro con la voz fingidamente severa que ponen los amos cuando saben que su mascota está haciendo algo malo pero adorable. Miguel no se deja engañar—. Le caíste superbién a Valentino —añade ella, como si eso fuera suficiente disculpa.

Miguel se limpia la cara con su camiseta. En parte, esto le permite ocultar la expresión de disgusto que le hubiera valido un regaño de su mami, y no precisamente de los

7

fingidos. Mientras tanto, Valentino se echa a sus pies, apenado, con el hocico babeante abierto, y jadea sus excusas. Miguel tiene una visión que hace que se le encoja el corazón: Valentino persiguiendo la pelota de béisbol, atravesándose en la carrera de los jugadores, retrasando al equipo en su intento de transformarse en una máquina bien aceitada para el gran juego del fin de semana.

—Permítanme explicar —le dice Víctor a Mami—. Valentino no va a quedarse con nosotros.

—¿A qué te refieres? —Mami suena tan decepcionada como si le hubieran prohibido lo que más le gustara en el mundo: tener a Valentino en casa por el resto de su vida.

—Lo vamos a llevar a un hotel de perros.

—Ay, Papá, ¿en serio tenemos que hacerlo? —alega la mediana de las niñas.

—Essie —responde Víctor con la voz muy firme—, acuérdate de nuestro trato.

La chiquita, que ha estado escondiéndose tras una de las piernas de su padre, le tira de los pantalones. —¿Qué pasa, Cari? —pero la niña no va a hablar alto, así que Víctor tiene que agacharse para oír el secreto. Antes de enderezarse del todo de nuevo, ya ha empezado a mover la cabeza para indicar su desacuerdo. —Por ningún motivo. Un trato es un trato, niñas. Ya les vamos a dar a nuestros anfitriones suficientes molestias con nosotros cuatro...

—Pero si no va a ser problema —lo interrumpe

Mami—. En esta casa hay suficiente espacio para ustedes cuatro y para Valentino —se inclina un poco y le tira con mano juguetona las orejas del perro—. Sí, claro, claro, tenemos suficiente espacio —dice con voz cariñosa. ¡Qué cursi! Y Valentino le hace caso, bate la cola y mueve su cabezota peluda. Mientras sucede todo esto, nota Miguel, el perro evita mirar directamente a los ojos de su amo. Hasta una mascota sabe que un trato es un trato.

Víctor parece un perro también, con un hueso. —Jamás planeamos traer a Valentino con nosotros. Perdóname, viejo, pero es la verdad —se disculpa Víctor—. Estábamos prácticamente en la puerta, listos para salir, cuando la chica que nos lo cuida llamó para avisar que tenía una emergencia familiar y debía viajar de inmediato.

—Su mamá murió, en la Florida —anota la mediana—. Allá íbamos a ir nosotros también —una mirada de su padre la obliga a callarse. Baja la cabeza, pero sigue refunfuñando entre dientes—. Bueno, íbamos a ir. Y en lugar de eso, tuvimos que venir aquí, al centro de la nada.

Con el pie empieza a darle a Valentino una especie de caricia que bien podrían ser puntapiés suaves. El perro no parece para nada molesto. *Para una mascota, una caricia siempre es una caricia,* supone Miguel.

El mal comportamiento de su hermana mediana debió darle algo de valor a la pequeña Cari, porque al final se decide a hablar. —Nuestra mamá también se murió, pero en Nueva York. Eso fue hace mucho tiempo —añade, porque el silencio se va haciendo más profundo e incómodo—. ¿No es verdad, Papá?

Víctor se pasa la mano por el pelo, que es denso y negro, con hilos plateados. Parece que no sabe qué decir. Miguel empieza a sentir algo de lástima por él. Al fin y al cabo, fuera de Miguel, es el único otro hombre en la habitación... aunque a lo mejor Valentino también clasifica como tal. Es obvio que Víctor no da abasto con estas tres niñas de carácter fuerte. Con razón quiere trasladarse a Vermont. Es probable que, de quedarse en la ciudad, la mediana termine formando parte de una pandilla como la que agredió a Miguel en su visita a Brooklyn para ver a su papá durante las vacaciones de invierno. —Como ya íbamos de salida cuando esto sucedió —dice Víctor, continuando con su explicación—, tuvimos una plática y llegamos a un acuerdo —mira a cada una de sus hijas fijamente, para obligarlas a recordar—, que en lugar de buscar un hotel para perros en la ciudad, encontraríamos uno aquí en Vermont.

—Así Valentino también tendría su dosis de aire fresco —añade Victoria.

—Y ejercicio —interviene Cari.

Los dos son argumentos que ningún padre refutaría. Miguel queda impresionado. Pero al mismo tiempo, con

10

papá abogado, es normal que estas niñas hayan aprendido a discutir y argumentar muy bien.

—No podemos aceptar que Valentino se quede aquí —dice Víctor, tratando de poner punto final, como si estuviera rematando un alegato ante un tribunal.

—No, no podemos —repite Victoria, que recibió una mirada pidiendo auxilio de parte de su padre. Ella es la mayor y, al igual que Miguel, probablemente debe dar buen ejemplo. Pero Miguel se da cuenta de que Victoria aceptaría la oferta de Mami sin pensarlo un instante.

—Es que no entiendo por qué lo tienen que dejar en una perrera si aquí tenemos más que suficiente espacio —señala Mami—. Tenemos un amplio jardín y un campo enorme en la parte de atrás.

Miguel no puede creer que Mami esté ofreciendo el campo de entrenamiento de su equipo para tener a un perro que va a andar corriendo de aquí para allá, y haciéndose pupú por todas partes. Está a punto de alzar la voz de protesta pero, como si le hubiera leído la mente, tía Lola da un paso al frente. —Valentino se queda conmigo, como mi invitado especial.

El perro acepta con un ladrido. Tía Lola bate palmas. Hasta donde a ese par le concierne, el asunto está arreglado. Pero Víctor sigue moviendo la cabeza de un lado a otro, como esos perritos con resorte en el cuello que pone la gente en el tablero de los carros.

—Vamos a conocernos —propone tía Lola cambiando de tema, para que cada quien se presente.

—Yo soy Victoria —dice la mayor. Su cabeza sobrepasa a la de Miguel por varios centímetros. Lleva el largo cabello negro echado hacia atrás con dos pisapelos en forma de mariposa. Si Miguel tuviera que describirla para su clase de lenguaje, diría que es bonita. No es que parezca una modelo ni nada parecido, pero sus grandes ojos son brillantes y bonitos, y su piel es de un color canela claro muy bonito, y su sonrisa le ilumina la cara de manera muy bonita. Claro, si Miguel escribiera esto para su clase, la señora Prouty marcaría con un círculo rojo todas las veces que aparece "bonito" o "bonita" y escribiría lo siguiente en el margen: "Repetitivo. ¿No se te ocurre otro adjetivo, Miguel?". Afortunadamente ya no volverá a tener a la señora Prouty de maestra, ¡hurra!

—Yo soy Caridad, pero todos me dicen Cari —dice la más chiquita. Ha ido entrando en confianza y perdiendo la timidez, pero también sucede que tía Lola hace que todo el mundo se sienta cómodo.

—Y para cerrar las presentaciones con broche de oro, ta-ráaaaa —la mediana extiende ceremoniosamente la mano. Seguramente ella es la más exagerada y teatral de la familia y, por ser de la misma edad que Miguel, once años, él deberá hacerse cargo de ella—. ¡Yo soy la única, la verdadera Esperanza! —y hace una venia hasta el suelo.

—Victoria, Esperanza y Caridad, ¡es un placer cono-
cerlas! —dice tía Lola en español, y con una sonrisa deslumbrante. Las tres niñas deben entender español, pues
responden: —Es un gusto conocerlos también.

Tras abrazar a cada una de las niñas, tía Lola anuncia:
—Bienvenidas al campamento de verano de tía Lola.

¿Campamento de verano?, Miguel no tiene idea de qué
está hablando su tía. Y por sus caras, se ve que Mami y
Juanita tampoco. Pero se nota que están encantadas de
que sea tía Lola quien se encargue del entretenimiento.

La mediana confronta a su padre, llena de curiosidad:
—No nos dijiste que fuera a haber un campamento. ¿Qué
tipo de campamento? —añade, con tono de sospecha.

—Uno mágico —contesta tía Lola, y le guiña un ojo
a la única, la verdadera Esperanza.

—Jamás he estado en un campamento mágico —confiesa la pequeña Cari, y se abraza con fuerza a las piernas
de su padre, cosa que hace cuando siente timidez o emoción.

—¿Qué opinan si subimos y los dejamos instalados?
—propone tía Lola—. A lo mejor quieren descansar un
poco. Nos espera una larga noche.

—¿En serio? —pregunta Victoria con expresión entusiasta. Este campamento empieza a sonar como la idea que
tiene una chica de lo divertido.

—No me va a dar miedo, ¿cierto? —la pequeña Cari

ya hizo uso de su cuota de valentía por el día de hoy. Al fin y al cabo, jamás se había alejado tanto de su casa para venirse a quedar con unos nuevos amigos de Papá en Vermont.

—No, no hay nada que te vaya a dar miedo —le asegura tía Lola—. Es una búsqueda del tesoro, pero nocturna.

—¿Una búsqueda del tesoro de noche? ¿Y cómo haremos para leer las pistas o encontrar el lugar donde está escondido el tesoro? —dice burlona la mediana quien, a pesar de todo, está algo intrigada.

—¡Tengo maneras de hacer que ustedes puedan ver en la oscuridad! —dice tía Lola con voz misteriosa—. ¡Recuerden que este es un campamento mágico! —y luego se vuelve hacia Valentino—: Señor Valentino, vamos a mostrarles a los invitados sus habitaciones —y como si el perro hubiera vivido toda su vida en esa casa, es el primero en subir las escaleras, guiando a todo el grupo.

Miguel se rasca la cabeza, mientras se pregunta si su tía Lola puede comunicarse secretamente con los animales, así como parece hacerlo con las personas. Cari y Juanita suben tras tía Lola y Víctor, que aún hace gestos de no estar de acuerdo con la situación. Victoria y Mami van detrás.

—¿Tu tía puede hacer magia? —pregunta la mediana, Esperanza, que se retrasa un poco para quedarse desde ya con Miguel.

—Todos podemos hacer magia —contesta él, antes de pensarlo mejor. Debió ser algún instinto masculino de supervivencia que lo empujó a decir eso.

Pero en lugar de parecer impresionada, Esperanza lo mira entrecerrando los ojos con incredulidad. —Entonces, si puedes hacer magia, ¿lograrás que mi deseo se haga realidad?

Miguel se encoge de hombros. —Eso depende —¡Caramba! ¿En qué cosas se está metiendo?

—Haz que esta semana sea más divertida que haber ido a Disney World.

—¿Disney World?

—Allá íbamos a ir de vacaciones. Pero de repente Papá volvió a casa de un viaje de trabajo, todo encantado y maravillado con Vermont.

Miguel debe reconocer que Disney World suena mucho más entretenido que una semana en medio de la nada, incluso si de repente les añaden un campamento de verano al paquete. Pero siente que tiene que defender el estado que es ahora su hogar. —Vermont es estupendo —dice, con un tono de voz menos seguro de lo que quisiera.

—Entonces, ¡demuéstralo! —contesta Esperanza. Y luego hace un movimiento y todo su pelo, corto y negro, se mece de un lado a otro, y empieza a subir las escaleras detrás de los demás.

15

Va a requerirse más magia de la que tía Lola puede hacer para salir bien librado de esta semana, piensa Miguel sin dudarlo.

El primer día de la visita de las Espadas comenzó con una puñalada que desgarra la sensación de seguridad de su corazón.

sábado en la noche

Una búsqueda del tesoro nocturna

Miguel está en el ático, en su cuarto temporal, arreglando sus cosas como le gusta tenerlas. Tía Lola ha estado usando esta habitación para sus proyectos de costura, pero movió la máquina y las telas a un rincón, de manera que Miguel estuviera más cómodo. Y como está justo sobre el cuarto de Juanita, por los conductos de la calefacción alcanza a distinguir las cabezas de las niñas.

Por ahí mismo se cuelan todos los sonidos, incluidos los suspiros de Valentino para recordar que hace un lindo día de verano de Vermont, así esté por terminar. Todos podrían estar afuera, disfrutando del aire fresco y de algo de ejercicio.

17

—Entonces, ¿tú has ido? —le pregunta Esperanza a Juanita. Está tratando de reunir argumentos para afirmar que todo el mundo en este planeta ha ido a Disney World.

Juanita suelta un suspiro. —Mami siempre dice que tal vez la próxima vez que vayamos a República Dominicana, su país, tal vez paremos allá.

—¡Caramba! Dos viajes en uno, ¡fantástico!

—Bueno, en realidad nunca ha llegado a decir que sí —explica Juanita. A lo mejor se siente un poco mal por el hecho de poder hacer dos viajes especiales, cuando Essie no pudo hacer siquiera uno.

—Es que nunca dicen que sí. Parece que los papás tomaran un curso para aprender a torturar a sus hijos. "Ya veremos". "Voy a pensarlo". "Si sacas las mejores calificaciones de aquí a la eternidad, te prometo que te llevo a Disney World" —Esperanza exagera, y tiene la suerte de haber encontrado público receptivo. Juanita se ríe a carcajadas.

—Haces ver a Papá como una persona terrible —dice Cari con voz lastimera.

—Yo sé —dice Victoria—. Y Papá nunca nos prometió llevarnos a Disney World.

—Dijo que iba a pensarlo, ¿o no?

—Pero pensarlo es diferente a prometerlo —precisa Victoria—. Papá nunca rompería una promesa, tú lo sabes.

18

—Pues entonces rompió su intención de pensarlo —parece que a Esperanza le gusta decir la última palabra en una discusión.

Hasta donde Miguel alcanza a imaginarse, lo que debió suceder fue que Esperanza estuvo dándole la lata a su papá con que las llevara a Disney World en las vacaciones de verano. Ante tanta insistencia, él dijo que ya vería lo que se podía hacer. Para Esperanza, esa respuesta fue igual a un sí. De manera que, cuando su padre volvió a casa de un viaje con la idea de pasar una semana en Vermont, ella se sintió muy decepcionada. Y más cuando su papá se negó a cambiarle esa semana en Vermont por una en Disney, más adelante en las vacaciones. Pero es que un viaje a Disney World implicaría no solo los costos de hotel, comidas y las atracciones, ¡sino además cuatro boletos de avión! Eso era un gasto que una familia que pronto se trasladaría a Vermont no podía permitirse, pues seguramente su padre tendría que aceptar un trabajo con un sueldo más bajo que el actual.

—Ahí fue cuando se puso hecha una furia —dice Victoria, y mueve la cabeza de un lado a otro al recordar el melodrama de su hermana—. Por cierto —añade Victoria, cambiando de tema antes de que se trencen en una discusión sobre si Essie pidió ir a Disney World tres veces o si fueron cien—. Me encanta tu cuarto. Es como un paraíso tropical.

—Mi tía Lola me ayudó —admite Juanita con modestia, por variar.

En realidad, Miguel opina que la decoración del cuarto de Juanita es un poco excesiva. Coloridas guirnaldas de papel que se cruzan una y otra vez. Los pilares de su cama están pintados para parecer palmeras, cuyas hojas forman un dosel en el centro. También hay un pequeño sofá morado que se convierte en cama, donde dormirá Esperanza. Eso es lo que han decidido las niñas. En cuanto a Cari y Victoria, ellas se quedarán en el cuarto de huéspedes, que se comunica con el de Juanita a través de una puerta. —Es como si tuviéramos nuestra propia suite privada —señala Victoria.

—¡Nuestro propio dulce privado! ¡Qué rico! —opina Cari, pensando que "suite" y "sweet" son la misma cosa, ya que se pronuncian igual en inglés.

—No se come, una suite es como una habitación con su salita, no un dulce —Esperanza no llega al punto de decirle a su hermana que es una tonta, pero su tono de voz sugiere que eso es lo que piensa de cualquiera que no sepa la diferencia entre ambas cosas. Miguel sería incapaz de admitirlo frente a ella, pero tampoco sabe bien lo que es una suite. Aunque sí sabe que no es nada de comer.

—A lo mejor todavía alcanzan a ir a Disney World en este verano, ¿no crees? —Juanita tenía que volver de nuevo al temido tema. Pero luego, con mucha delicadeza,

20

y hasta el propio Miguel tiene que reconocerlo así, ofrece dormir ella en el sofá-cama y le deja a Esperanza la espléndida cama. De esa forma, aunque no esté en Disney World, al menos puede imaginarse que está en la Florida.

✱✱✱

Tras una tarde de instalar a los recién llegados, tía Lola saca a todo el mundo de la casa. Tiene que hacer los preparativos de la búsqueda del tesoro. —No vuelvan antes de que anochezca —ordena, mientras los despide. Y como es verano, eso quiere decir que tendrán que entretenerse por ahí casi hasta las nueve.

—¿Y qué hay de Valentino? —pregunta Cari mientras se suben a la *van*. Como irán a cenar en un restaurante, tendrán que dejar a su perro.

—Valentino es mi asistente —anuncia tía Lola. Valentino no lleva ni un día completo en Vermont y ya pasó de ser mascota invitada a asistente privado. *Qué suerte tiene ese perro,* piensa Miguel. Ojalá él pudiera quedarse también, pero sabe que disculparse de la cena con los invitados no estaría muy bien en su papel de anfitrión. Además, van a ir a su restaurante preferido, Café Amigos, cuyo dueño es Rudy, que también es el entrenador de su equipo de béisbol.

Es sábado por la noche y el lugar está repleto. Pero

21

Rudy les reservó una gran mesa redonda para los siete.

—Hola, capitán —saluda a Miguel, dándole un apretoncito en el brazo—. Mañana empezamos a entrenar duro.

—¿Qué es exactamente lo que empieza mañana? —pregunta Víctor una vez que Rudy los deja un rato para que revisen el menú.

Mami explica que el equipo de béisbol de Miguel va a tener largas prácticas de entrenamiento todos los días, hasta el viernes, para prepararse para el partido del sábado. —Rudy es su entrenador.

—Yo estoy en el equipo de mi escuela —salta Esperanza—. Papá nos entrena cuando tiene tiempo. Entonces, ¿puedo jugar yo también?

Mami no sabe bien qué contestar, pero Miguel sí que lo sabe. —Es un equipo solo de niños —y siente que la mirada de su mamá le perfora la cabeza hasta dejarle un boquete abierto.

—Eso va contra las reglas, ¿cierto, Papá? —Esperanza se vuelve hacia su padre, el abogado—. No se les puede prohibir a las niñas que jueguen en la Liga Infantil.

—El nuestro no es un equipo de la Liga Infantil —le informa rápidamente Miguel. De hecho, todos sus compañeros formaban parte de ella. Pero ahora que el año escolar terminó, él y sus amigos decidieron seguir como equipo de verano, y Rudy estuvo de acuerdo en seguirlos entrenando.

—En todo caso, es discriminación —Esperanza no para de discutir—. Uno no puede impedir que alguien haga algo solo porque es una niña, ¿cierto, Papá?

Víctor respalda a Miguel. —Pero sucede que Miguel y sus amigos ya tienen su equipo organizado. No están reclutando niños ni niñas. Y ahora se tienen que concentrar en su juego, para poder ganar. Nosotros podemos armar nuestro propio equipo, solo de niñas —añade, y sonríe con su propio chiste.

—Y recuerda que habrá un montón de cosas para hacer en el campamento de tía Lola —le dice Mami a una Essie que hace pucheros.

—¡Ya sé, ya sé! —Juanita salta en su asiento de puro contento—. Podemos ser las porristas del equipo.

—¡Ah, esa es una buena idea! —opina Mami, asintiendo entusiasta.

—No es una idea —contesta Miguel con más fiereza de la que debía mostrar un buen anfitrión—. Los juegos de béisbol no tienen porristas.

—Eso es cierto —dice Víctor, poniéndose otra vez de parte de Miguel—. Eso solo sirve para distraer a los jugadores, especialmente si no están acostumbrados. Al fin y al cabo, queremos que ganen, ¿o no?

Todos asienten convencidos, todos menos Esperanza, que esconde la cabeza tras su menú y no hay manera de saber si asintió o no.

Mientras se levantan de la mesa, Rudy se acerca para despedirlos. —Hasta mañana —le dice a Miguel en español, chocando los puños. Le encanta tener oportunidad de usar las expresiones en español que tía Lola le ha estado enseñando.

Miguel está empezando a sentirse muy entusiasmado con el juego que les espera. Y también algo preocupado. Tal vez por no haber practicado nada desde el último día de clases, los jugadores no se han integrado bien como equipo. Por eso Rudy decidió que tendrían largos e intensos entrenamientos todos los días. Para el sábado, día del gran juego, el equipo debe ser invencible. Más les vale. Y claro que Miguel espera que tía Lola tenga listos los uniformes para entonces.

—No se te olvide avisarle al resto del equipo —le recuerda Rudy, aunque no hace falta. Es parte de los deberes del capitán, o sea Miguel, determinar el lugar y la hora de los entrenamientos.

Miguel ya los llamó a todos. También decidió que sería demasiado complicado buscar otro sitio para la práctica de mañana. Ya verá cómo van las cosas en el campo detrás de su casa. A lo mejor toda la idea del campamento de su tía Lola pretende tener ocupadas a las niñas y alejadas del lugar. —El único al que no he llamado es al coronel Charlebois —le dice a Rudy. Su antiguo casero es un furibundo fanático del béisbol y asiste a todos y cada uno de los entrenamientos y de los partidos. Además es supergeneroso, y corre con los gastos de los uniformes, los útiles de juego y el transporte cuando juegan en otro pueblo. Es por eso que el nombre del equipo es Charlie's Boys, los Muchachos de Charlie, en su honor.

—Por aquí anda, en su lugar habitual, si quieres ir a decirle ahora —Rudy señala con un gesto de cabeza a un hombre mayor vestido con uniforme militar, y con una servilleta amarrada al cuello. Es como si fuera a comer, limpiarse la boca y marchar a la guerra, ya todo preparado. Son muchas las noches en que el coronel cena en el café de Rudy, pues vive solo en una casa en el pueblo, que compró cuando la vieja granja que heredó de su familia se hizo muy grande para él.

—Niñas, quiero que todas lo conozcan —dice Mami con amabilidad. Víctor ya lo conoce, desde la audiencia de tía Lola en abril. La familia de Miguel jamás se hubiera podido permitir una casa grande y espaciosa con un terreno de diez acres si no fuera por la generosidad del coronel, su antiguo casero, que aceptó convertir los pagos de la renta en cuotas para comprar la casa.

Al atravesar el café, amigos y vecinos saludan, ansiosos de conocer a los recién llegados.

25

—Este pueblo es como una gran familia feliz —observa Victoria.

—Sí, más o menos —reconoce Mami, y rodea la cintura de Victoria con su brazo.

●●●

Ya casi oscureció. El sol se ocultó, pero se ven franjas de luz dorada que se extienden por el cielo. Víctor maneja por el pueblo y Mami, cual guía turística, va señalando los diferentes lugares de interés para que las Espadas los conozcan. Pasan por la Escuela Primaria Bridgeport, cerrada durante el verano, y el patio de juegos se ve abandonado, con los columpios y juegos solitarios.

Miguel siente una momentánea punzada de nostalgia por la escuela, de pasar el día con sus amigos, correteando durante los recreos. Pero luego se acuerda de la señora Prouty y sus dificultades en la clase de inglés a lo largo del año, y la añoranza se desvanece.

—Esa es mi escuela —señala Juanita—. Estoy en tercer curso. No, ¿qué estoy diciendo? Voy a entrar a cuarto.

Las niñas dicen a qué curso pasan en otoño, cuando empiece el siguiente año escolar. Esperanza, que acaba de cumplir once, estará en sexto.

—Yo voy a entrar a kínder, y no es para asustarse, ¿cierto, Victoria? —anuncia Cari. Su hermana mayor le

26

asegura que todo irá bien y luego añade que ella entrará a intermedia. —Eso sí que asusta —comenta su padre.

—¿Y tú, Miguel? —pregunta Victoria—. ¿También entras a intermedia?

La confianza de Miguel en sí mismo empieza a revivir: —Me falta todavía un año —explica.

—Lo dices de broma —contesta ella—. ¿Cuántos años es que tienes?

Cuando Miguel le responde que acaba de cumplir once en marzo, ella lo mira incrédula. —Supongo que será entonces por el aire fresco y el ejercicio que haces en Vermont. Parece que tuvieras... no sé...

—¡Veinte! —grita Cari desde su asiento en la parte de atrás.

Todos sueltan la carcajada. Miguel se alegra de que ya esté casi oscuro en la *van*, pues no le gustaría para nada que se le notara lo mucho que quiere tener veinte años en lugar de once, con un curso de primaria todavía por delante.

***

Llegan a la entrada, y la casa está envuelta en la oscuridad. No se ven señas de Valentino ni tampoco de tía Lola.

Victoria emite un silbido increíblemente potente.

—¡VALENTINO! —gritan sus hermanas.

Nada.

—Me está empezando a dar miedo —dice Cari, con un hilo de voz.

—No te vas a asustar —la tranquiliza Victoria y le toma la mano—. Acuérdate que tía Lola prometió que no habría nada de miedo.

Como para confirmarlo, Valentino sale corriendo del bosquecillo situado al norte de la casa. Por segunda vez en el día, el perro va directamente hacia Miguel y salta para plantarle las patas en los hombros. Y por eso, Miguel es el primero en notar el nuevo accesorio de Valentino. Lleva atado al cuello el pañuelo amarillo de la suerte de tía Lola, como algo semejante a los barrilitos que cuelgan de los collares de los perros san bernardo. Cuando Miguel desata el pañuelo, caen cinco linternas pequeñas y un trozo de papel doblado con el rótulo "Esta es su primera pista". Miguel lo abre y lee en voz alta.

—Enciendan sus linternas.

Que está más oscuro de lo que

    pueden creer.

Uno puede guiar un caballo

    hasta el agua,

Pero no lo puede obligar a

    beber.

28

—¿Cuál caballo? —le pregunta Esperanza a Juanita—. No sabía que ustedes tuvieran caballos.

—Ojalá tuviéramos alguno —suspira Juanita.

—No creo que se refiera a caballos de verdad —comenta Victoria—. Es un refrán en inglés: *You can lead a horse to water, but you can't make him drink.* ¿Qué querrá decir? Mmmmm —pero no se le ocurre nada.

—A tía Lola le encantan los refranes —tercia Juanita, tratando de decir algo útil. Explica que en la escuela le regalaron a tía Lola una piñata llena de refranes en inglés para que los aprendiera en el verano—. A lo mejor mi tía quiere practicar cómo usar los que ha aprendido. Oye, Miguel, ¿adónde vas? —lo llama, pues de repente su hermano sale corriendo y solo ven el haz de luz de su linterna que se mueve de un lado a otro sobre el suelo ante él. A su lado, Valentino ladra para darle ánimo.

Miguel se dirige a un claro en medio del bosquecillo, donde hay un viejo pozo. Una herradura oxidada está clavada en uno de los postes, probablemente para atraer la buena suerte y que el pozo nunca se secara. En el balde, Miguel encuentra otro papelito doblado.

"Esta es su segunda pista", dice la nota por fuera. Para ese momento, las cuatro niñas ya están junto a él. —¿Ya encontraste otra pista? —pregunta Victoria, impresionada.

—¿La puedo leer yo? Por favor, por favor, yo la leo —es Esperanza, con la voz más anhelante que le hayan oído desde que llegó a Vermont. Miguel está a punto de negarse pero se acuerda de que le prometió a su mamá ser buen anfitrión. Le entrega el papelito.

> —De las piedras que me
>
> componen,
>
> Muchas se han desmoronado,
>
> Recuerden reconstruirme
>
> que buenas cercas buenos
>
> vecinos han dado.

—¡Ya sé! —grita Juanita, como uno de esos participantes en programas de concurso que están tan ansiosos por responder que oprimen el botón incluso antes de que la pregunta se haya terminado de formular. Así que cuando todos la interrogan: —¿Qué? —ella contesta tímidamente: —Pues que ese es otro refrán en inglés, *good fences make good neighbors*.

Miguel siente deseos de abuchear a su hermana, pero sabe que ser buen anfitrión implica ser amable con la otra anfitriona. Por eso se cuida de no abrir la boca.

—¿Hay una cerca alrededor del terreno de ustedes? —pregunta Victoria.

De hecho, la hay. Un muro de piedra medio derruido sigue el límite norte del terreno. Allí encuentran la tercera pista, sobre un peñasco grande y bajo una piedra que hace de pisapapel. Esta vez es Victoria la que la lee: —Esta es su tercera pista:

> Ahora que ya llegaron,
>
> No hace falta que se los
>
>> recuerde:
>
> Al otro lado de la cerca,
>
> La hierba siempre es más
>
>> verde.

—Esta sí fue fácil —se ríe Victoria. Pero tras unos minutos de iluminar el otro lado del muro de piedra con las linternas en varias direcciones, todos se sienten derrotados. Y es ahí cuando la pequeña Cari, con la ingenuidad de los inocentes, hace la pregunta que da en el blanco: —¿Cerca y muro es la misma cosa?

Miguel no está muy seguro de la diferencia. Lo que sabe es que todo el mundo llama o bien cerca o bien muro a esa valla de piedra medio derruida. Pero donde termina esta, lo que hay es una cerca de alambre más moderna. Nadie diría que esa cerca es un muro. ¿Será esa la cerca a la cual se refiere la pista?

Las niñas lo siguen a lo largo del muro de piedra

hasta llegar a la cerca de alambre. Y sí, al otro lado, en una zona de pasto que probablemente se ve mucho más verde a la luz del día, encuentran una bolsa plástica medio enterrada, con un papelito dentro. Como fue Cari quien llevó a resolver la pista, Victoria la deja abrir la que acaban de encontrar, que dice por fuera "Esta es la cuarta pista".

—Te voy a decir al oído lo que está escrito ahí, y tú lo repites para todos los demás, ¿te parece? —le propone Victoria.

—No todo lo que brilla es oro.

Habrán oído muchas veces

    decir.

Como el esplendor de mi

    cabeza,

Que de lejos se ve refulgir.

—Me gusta cómo se oye —opina Cari tras repetir lo que Victoria acaba de susurrarle al oído.

—¿Pero qué quiere decir? —pregunta Juanita, que siente algo de frustración porque no ha logrado adivinar ni una sola de las pistas.

—Algo que brilla y no es oro. Tal vez algo plateado

32

y... ¿con una cabeza? —Esperanza piensa en voz alta—. ¿Una estatua de plata? —pero lo malo es que no hay estatuas de plata ni de ningún otro tipo en la propiedad. Se da por vencida—: Ojalá hubiéramos llegado aquí hace una semana, porque así sabríamos mejor qué es lo que debemos buscar.

Miguel no puede creer que la mediana de las Espadas, que hace un buen rato se quejaba de haber tenido que venir a Vermont, ahora diga que quisiera haber llegado días antes. Pero de cierta forma tiene razón. Luego de un año y medio, Miguel conoce hasta el último rincón de los terrenos. En este preciso momento, su mente repasa y barre todo: el camino de tierra, la entrada desde la carretera, el gran jardín delantero, el campo de atrás, la casa, el viejo cobertizo con su techo de hojalata que relumbra a la luz del sol...

¡Eso es! ¡Allá arriba! ¿Acaso brillar no es como relumbrar? ¿Y el techo no es como la cabeza de una casa o edificio? Miguel les explica a las niñas lo que se le acaba de ocurrir.

Todas están de acuerdo en que es una respuesta excelente. Y afortunadamente Cari no le pide a Miguel que le explique la diferencia exacta entre brillar y refulgir.

En el cobertizo, Miguel divisa la quinta pista, colgando de un clavo en la puerta. Pero antes de que pueda tomarla, Juanita la arranca de un manotazo y, al hacerlo, el papelito se rasga en dos. Una mitad queda en su mano y la otra sale volando en la oscuridad.

—Lee lo que alcances a distinguir —sugiere Victoria, después de buscar por los alrededores con las linternas sin encontrar nada—. A lo mejor podemos descifrarla a pesar de todo.

—Algo, algo que "así que vayan a casa" y luego creo que la segunda línea termina con "jamás" —Juanita le entrega el pedazo de papel a Victoria, que a su vez se lo pasa a Miguel, que dice con seguridad que esa no es la palabra. Pero eso no sirve de mucho. ¿Qué es lo que deben buscar? Nada se le ocurre. No puede creer que su hermanita haya echado a perder toda la búsqueda del tesoro. ¡Qué tonta!

Pero entonces, por tercera vez en ese día, Valentino viene a la carrera donde Miguel. Al menos esta vez tiene la cortesía de no saltarle a los hombros. Trae algo en la boca, que deja en la mano de Miguel. Es la otra mitad de la pista. ¡Qué perro más inteligente! Si Mami alguna vez los deja tener una mascota, Miguel va a pedir que sea un cruce de labrador y golden retriever, igual que Valentino.

Los dos hermanos unen las mitades de la pista. Juanita lee lo que dice:

—Esta es la última pista, así
que vayan a casa:

34

Una puntada a tiempo evita

que luego sean más.

O, como dicen en otros lugares,

Más vale prevenir que

lamentar.

—La última pista está en la casa. ¡Genial! ¡Ya casi terminamos! —aplaude Juanita.

—Pero aún nos falta averiguar en dónde en la casa —le recuerda Esperanza—. Porque su casa es enormísima.

—Tenemos que hacer un plan —propone su hermana mayor—, si no, va a tomarnos toda la noche. ¿Por qué no empezamos por el ático, donde están el cuarto temporal de Miguel y el de tía Lola?

La manera en que Victoria enlaza esas ideas (ático, cuarto temporal y cuarto de tía Lola) le da a Miguel una idea. Una puntada tiene que ver con coser... ¿Será que el tesoro está oculto en el cuarto de costura de su tía, que es su cuarto por esta semana?

Frente a ellos, en la gran casa envuelta en las sombras, una lucecita brilla en su cuarto. Por la ventana se ve una silueta conocida que va y viene, como si estuviera revisando los preparativos finales.

—Vamos —les dice Miguel a las niñas. Atraviesan el

35

patio trasero corriendo, entran a la casa y suben las escaleras hasta el ático. Pegada a la puerta del cuarto provisional de Miguel encuentran una enorme X negra. Adentro, el cuarto parece la cueva del tesoro. Hay pilas de cuentas doradas y dulces por todas partes, como si acabaran de romper una piñata y su contenido se hubiera esparcido por todo el cuarto. Del techo cuelgan siete espadas de plástico. Tía Lola está vestida de pirata, con un parche que le cubre un ojo y blandiendo su propia espada en una mano. Pero el mejor tesoro de todos, desde el punto de vista de Miguel, es la pila de uniformes ya terminados y doblados que ve sobre su cama.

domingo

El reto de Caridad

—¿Y qué se supone que vamos a hacer con estas espadas? —pregunta Esperanza, moviendo la suya de un lado a otro y acercándose peligrosamente a un estante lleno de adornos.

Todos están sentados a la mesa, desayunando. Acaban de terminar los *pancakes* con arándanos que tía Lola preparó especialmente para los invitados. Las niñas están deseosas por saber qué es lo que les aguarda para el primer día en el campamento de tía Lola.

Miguel ya sabe cuáles son sus planes. A las tres de la tarde, sus compañeros de equipo y Rudy van a llegar para entrenar. Claro, si deja de llover.

Esta mañana tía Lola los despertó temprano cantando

"Las mañanitas", una animosa canción que suele dedicarse a quien cumpla años ese día. Al abrir los ojos, a lo lejos, Miguel alcanzó a oír un suave golpeteo... Tranquilizador, sí, hasta que entendió que era la lluvia que caía contra la ventana. ¡No podía ser! Había probabilidades de que se cancelara el primer día de prácticas. Estaba tan enojado que bajó las escaleras a trancazos y ni siquiera les dio los buenos días a los invitados, como debería hacerlo todo buen anfitrión, y su madre se lo recordó rápidamente.

Todos estaban ya en el comedor, sentados a la mesa. Por alguna razón, todos habían traído sus espadas, como si fueran una especie de cupón para el desayuno. Miguel tuvo la esperanza de que no lo hicieran subir dos pisos de vuelta, a buscara su espada marcada MICHAEL para poder sentarse a desayunar.

Lo extraño con respecto a las espadas es que los nombres que estaban inscritos en ellas eran aproximaciones a los nombres verdaderos, como sucede con esas tazas o llaveros marcados, que nunca tienen tu nombre si es un poquito fuera de lo común. Quizá tía Lola había comprado las espadas en un lugar donde solo tenían nombres en inglés. Juanita se ha convertido en "Joan". Solo Linda y Víctor tienen espadas con su nombre exacto, salvo que la de Víctor no lleva el acento sobre la i. La de Victoria dice "Vicky"; la de Esperanza, "Hope", que quiere decir esperanza en inglés; y la de Cari, "Charity", que es lo mismo pero en inglés, aunque a ella no le gusta mucho ese cambio de nombre, y menos luego de que su padre le explica que tanto uno como otro implican donar dinero a buenas causas, como alimentar a esos niños hambrientos de mirada lastimera que salen en la tele y que siempre obligan a Cari a cambiar de canal porque la hacen sentir triste y asustada.

—¿Por qué tienen espadas? —dice tía Lola, retomando la pregunta de Esperanza—. En mi campamento, todos los que vienen terminarán conquistando algo, y para eso necesitan una espada.

—¿Incluso nosotros? —Mami cruza una mirada con Víctor—. Quiero decir, ¿no somos demasiado viejos para estar en tu campamento?

Tía Lola se lleva las manos a las caderas. —¿Y acaso ustedes dos no saben que uno es tan viejo como se sienta? —pregunta, citando uno de los refranes en inglés que está aprendiendo—. Ser adulto no significa que la diversión y los retos hayan terminado.

—Tienes toda la razón, tía Lola —asiente Víctor pensativo—. A veces los adultos tenemos grandes obstáculos por superar.

—¿Qué es "obstáculo"? —pregunta Cari.

—Un obstáculo es como una valla o una cerca que debes saltar en una carrera, o un aro que hay que atravesar —le explica su padre.

—¿Y eso es lo que vamos a hacer hoy? —pregunta ella, frunciendo el ceño mientras mira por la ventana. Parece que afuera va a llover, con rayos y truenos, y eso le da miedo.

Tía Lola se agacha a su lado, hasta quedar a su altura. Valentino se levanta porque cree que le va a dar algo de comer. —A veces hay cosas que nos cuestan trabajo, o que nos dan algo de miedo, o un problema que tenemos que resolver. Y para lograrlo necesitamos toda la ayuda que podamos conseguir. Tu espada —y levanta su propia espada que está apoyada en un rincón—, tu espada te ayudará a conquistar lo que se te atraviese en el camino, para que así puedas llegar a ser todo lo que puedes ser.

Cari la mira sin mucha confianza. Conquistar problemas, llegar a ser lo que uno puede ser... nada de eso suena muy divertido. Y la noche anterior cuando estaba tan asustada de la oscuridad del cuarto, de los ruidos desconocidos afuera, de los piratas que podrían volver para reclamar su tesoro guardado en el ático, Victoria le prometió que el campamento estaría lleno de actividades divertidas e inofensivas.

—¿Y por qué tu espada no tiene nombre, tía Lola? —pregunta Victoria.

Solo hasta ese momento Miguel se da cuenta de que la espada de su tía Lola es la única que tiene la hoja en blanco. A lo mejor se debe a que no existe una versión en inglés de Lola, aunque ese no sea su verdadero nombre, sino Dolores. Pero en Vermont nadie compraría una espada con ese nombre, que asociarían con sufrimiento y nada más.

—Hay una razón —responde tía Lola moviendo su espada de un lado a otro—. Mi espada está reservada para el que necesite más ayuda de todos los participantes en mi campamento.

—Me parece que nos vamos a ver un poco ridículos andando por ahí toda la semana con las espadas de juguete —refunfuña Esperanza. *Ella es la que siempre ve el lado negativo de las cosas*, piensa Miguel. Pero luego se dice que él tuvo la misma impresión que Esperanza.

Tía Lola se endereza, se ciñe la espada metiéndola bajo las tiras de amarrar el delantal y sonríe con su sonrisa contagiosa. —No me importa verme un poco ridícula, y menos si eso hace que los demás sonrían.

—Eso es cierto, Essie —observa su padre—. Y ya sabes, a lo mejor ahí tienes algo que vale la pena conquistar: tu temor a verte ridícula. Especialmente si al llevar esa espada contigo todo el tiempo cuentas con una ventaja para enfrentar lo que venga.

En el silencio que sigue a esta sabia declaración, Valentino suspira. Y encaja tan bien en el momento que todos estallan en carcajadas, incluso Esperanza.

41

Las niñas salen para el pueblo después de almuerzo. La actividad de campamento de hoy es ir al cine en tanda de matiné, ya que llueve, y después habrá "fogata" en la chimenea. Víctor y Mami dejan a tía Lola y a sus "campistas" en el cine, aunque a última hora Cari cambia de opinión, pensando que la película de piratas puede darle mucho miedo, con tantas escenas sangrientas de pelea con espadas. Mientras tanto, Miguel se queda en casa, por si de pronto la lluvia cesara. Además, ya vio esa película de *Piratas del Caribe*, aunque no le molesta ver una película buena por segunda vez.

Justo cuando la *van* se aleja por el camino de entrada y desaparece, timbra el teléfono. —Lo siento mucho, capitán —le dice Rudy—, pero creo que es mejor que cancelemos la práctica de hoy. Esperemos que mañana haya más suerte con el clima.

Miguel de verdad confía en que la lluvia no siga al día siguiente. El equipo necesita entrenar con urgencia para jugar bien juntos. La única buena noticia que puede dar es que los uniformes están listos. Los integrantes del equipo podrán probárselos mañana, y así la tía Lola tendrá tiempo de hacer cualquier arreglo que se necesite.

—Tienes un gran espíritu deportivo —le dice Rudy a modo de halago. Sin duda alguna, su entrenador sabe que a duras penas se puede abrir camino en el pantano de la decepción.

Cuando Mami y Víctor y Cari regresan a casa, Miguel los recibe con una expresión tan sombría que ninguno de ellos necesita preguntarle si el entrenamiento se canceló.

Al momento, Mami y Víctor se ocupan de preparar la sala para la fogata de la noche. Se ríen y bromean mientras mueven los muebles para despejar espacio y alistan la leña en la chimenea. Aunque es pleno verano, este día lluvioso es bastante fresco, y ¿qué sería de un campamento sin fogata? Miguel y Valentino tienen que cambiar de lugar tantas veces que finalmente deciden subir las escaleras para meterse en el cuarto del ático.

Allí, mientras ojea sus tarjetas de peloteros, oye un ruido en la puerta. Primero cree que es solo el golpeteo de la lluvia, pero Valentino se ha enderezado y está junto a la puerta, batiendo la cola. ¡Genial! Ahora Miguel tiene que vérselas con un visitante que invade su privacidad. —¿Sí? —pregunta sin una gota de amabilidad—. ¿Quién es?

El pomo gira, la puerta se abre despacio y ve a Cari, con la cabeza tímidamente ladeada sobre el hombro izquierdo, la espada colgando de la mano. —Hola —dice en un susurro—. ¿Qué haces?

Miguel quisiera decirle que se largara, pero la ve tan pequeña y asustada que no lo hace. —Estaba mirando mis tarjetas de béisbol —le contesta—. Entra si quieres.

Cari da un brinquito hacia el interior del cuarto, feliz

de ser invitada. Se sienta en la cama y deposita la espada a su lado, para mirar a su alrededor. —El tesoro ya no está.

Miguel no sabe si explicarle que todo era puro teatro, pero a lo mejor es como decirle a un niño que no existe Santa Claus. —Luego de que tomamos nuestra parte del tesoro, los piratas se llevaron el resto.

Cari pone cara de susto. Toma la espada y después decide que tal vez no la necesita. Sin embargo, deja la mano sobre ella. —¿Los piratas volvieron al ático?

Miguel asiente. Sabe adivinar pistas, pero no es muy bueno para inventar historias y cosas así. Por eso quedó tan impresionado con las pistas de la tía Lola, la noche anterior, porque eran rimas. Pero tía Lola explicó después que "el Rudy" le había ayudado a escribirlas.

—¿No te da miedo dormir aquí arriba? —le pregunta Cari con voz sobrecogida—. ¿Qué pasaría si los piratas se enojaran porque les quitamos parte de su tesoro de dulces y trataran de hacerte daño?

Miguel se encoge de hombros. —Eso no me preocupa para nada.

—Seguro es porque puedes hacer magia, como tía Lola, ¿cierto? —dice Cari, contestando su propia pregunta—. Essie me contó, y también a Victoria. Si los piratas vuelven los puedes transformar en toro-sapos, como los que se oían anoche croando.

Miguel no puede evitar sonreír: —Ranas toro, o

macos toro, como dicen en el país de tía Lola —la corrige, y entiende por qué estaba tan asustada si se imaginó que las ranas eran del tamaño de toros—. Viven en el estanque. Y cuando hacen ese ruido que parece mugido de toro, es que le están cantando una canción de cuna a sus esposas ranas y a sus bebés renacuajitos —esta última parte se la dice para que así no tenga miedo del fuerte croar las demás noches. A lo mejor Miguel no es tan malo como creía para inventar cuentos y cosas semejantes.

—¿Tienen esposas y bebés? —pregunta incrédula—. ¿No son como monstruos?

Miguel niega con la cabeza. —Te tienen más miedo a ti que tú a ellos.

—¿En serio?

—Sí, ven conmigo y te muestro —¿Y por qué no? No tiene nada mejor que hacer que estar sentado lamentándose del mal tiempo. Y puede ser divertido ir a meter los pies en el estanque, que nunca llegó a secarse del todo en la lluviosa primavera—. ¿Vienes? —le pregunta a Cari, que sigue sentada en la cama, con las piernas cruzadas y las manos juntas, con los dedos entrelazados, como si rezara.

—¿Y qué pasa si las ranas toro nos saltan encima para hacernos daño?

—No te van a hacer daño, vas a ver —Miguel se da cuenta de que Cari está titubeando en la cuerda floja de su miedo. Y decide no hacerle caso a su vacilación, como si no dudara de que lo va a seguir hacia el hermoso, aunque mojado, campo de Vermont. No será Disney World, pero tiene su propia magia.

Miguel se dirige a la puerta de su cuarto, con Valentino que le pisa los talones, ansioso por salir. Tras él, oye que los resortes de la cama rechinan, y a continuación se da cuenta de que Cari se apresura a seguirlo, aunque no sabe si la niña ha vencido su miedo de ir a ver las ranas o si le teme más quedarse sola. Cuando van por el pasillo de arriba, le dice: —Espera un momento —y corre de regreso al cuarto, toma la espada que dejó en la cama y vuelve junto a Miguel sin aliento por el miedo y la sensación de triunfo.

❉❉❉

—No lo puedo creer —dice Victoria, sacando su *marshmallow* del fuego. Están todos sentados frente a la "fogata del campamento", cada uno armado con una varita larga para asar. Cari acaba de contarles que ella y Miguel capturaron más de cinco renacuajos que ahora están nadando en un frasco de conservas que tiene a su lado en la mesa de la sala.

En la mesa del comedor, Mami y Víctor están terminando una partida de Scrabble. Tía Lola se ha hecho cargo de la fogata, metiendo un leño cuando hace falta.

—¿Hiciste todas esas cosas, que requieren valor, sin nosotras? —Victoria hace gesto de incredulidad—. De verdad, Cari *baby*, que eres algo especial...

—¡Ya no soy una bebé! —protesta Cari.

—Te lo digo de cariño, no porque seas pequeña de tamaño o de edad —contesta Victoria, y choca los cinco con su hermanita—. ¡Eres una niña grande! Subiste tú solita hasta el ático a visitar a Miguel. Después saliste en plena tormenta, desafiando a los elementos, rayos y truenos...

—¡No había ni rayos ni truenos! —a diferencia de su hermana mediana, Cari no va a jactarse de cosas que no ha hecho—. Eso hubiera sido muy peligroso. Una cosa es que me dé miedo y otra es que sea peligroso, ¿me entiendes?

Miguel ya ha notado esa particularidad de Cari con respecto a la precisión del vocabulario. Debe ser por eso que pregunta tanto qué significan las palabras. Probablemente de adulta se convierta en escritora, seguramente de diccionarios. Alguien tiene que escribirlos, ¿o no?

—Está bien, no había ni rayos ni truenos, pero saliste a explorar un estanque lleno de ranas toro, que la noche anterior te habían dado mucho miedo.

—Ellas me tenían más miedo a mí que yo a ellas —afirma Cari, y lo demuestra con unas palmaditas al frasco de conservas. Para confirmarlo, los renacuajos huyen de la mano que se acerca—, y las ranas grandes se lanzaron al agua al vernos venir, y se quedaron escondidas y dejaron de croar mientras estuvimos por allí, ¿cierto? —y se vuelve hacia Miguel. Al fin y al cabo, todo eso es demasiado como para que le crean sin que haya un testigo que lo corrobore. Miguel asiente.

—Y no son toros-sapo, como los monstruos que me imaginé, sino unas ranas que se llaman toro, porque hacen un ruido como de toros.

Desde la mesa del comedor, donde el papá de las unas y la mamá de los otros siguen atentamente la conversación que se da junto a la chimenea, Víctor dice: —A ese paso, Cari, vas a convertirte en una niña granjera de Vermont antes de que termine la semana.

—Me encanta Vermont —anuncia ella—. Aquí no siento tanto miedo. En Nueva York me asusto más.

—Una menos, y quedan dos —le comenta su padre a Mami mientras guardan el juego de Scrabble y se unen a la fogata. Miguel debe ser el único que alcanza a oír el comentario, pues las niñas están muy concentradas tratando de superar sus respectivas historias sobre lo más aterrador que les ha sucedido en Nueva York.

Cuando se les acaban las historias de miedo, Víctor empieza a contar de su infancia en Nuevo México. Su familia ha vivido allí desde que esa región era parte de México, antes de que pasara a ser territorio estadounidense. Y para evitar que su relato se convierta en una lección de historia, Victoria le pregunta a Mami sobre su infancia en República Dominicana. ¿Cómo fue crecer allí? Una cosa lleva a otra, y al momento Mami está contando que perdió a sus padres en un accidente automovilístico cuando tenía apenas tres años. Tía Lola, la hermana menor de su madre, se trasladó desde el campo para cuidar a su sobrinita huérfana.

Las Espadas escuchan atentamente cada palabra que sale de la boca de Mami. Conocen bien lo que implica perder una madre.

—Tía Lola me cuidó muy bien —dice Mami, con los ojos aguados, y aprieta con cariño la mano de su tía.

Tía Lola le devuelve el apretoncito. —Ambas nos cuidamos mucho mutuamente.

—Nuestra mamá murió hace tres años —dice Victoria con voz entrecortada, como si aún le costara creerlo.

Todos quedan en silencio, sumergidos en pensamientos tristes. Valentino suspira. Un leño crepita en la chimenea. A lo lejos, las ranas toro no paran de croar, y siguen y siguen. Y de repente, inesperadamente, Cari dice:

—Perdón —pero no se dirige a nadie en particular. Su cara está justo frente al frasco de conservas que dejó en la mesa de centro. A lo mejor se está disculpando con los renacuajitos por asustarlos hace un rato, simplemente para demostrar lo que decía. Pero luego se vuelve hacia Miguel y le pregunta si pueden salir de nuevo al estanque antes de irse a dormir.

—Claro —dice él, contento al pensar en otra salida nocturna. Será bueno caminar un poco luego de comer tantos *marshmallows*.

—Ya sé que dejó de llover afuera, pero va a haber demasiado lodo —advierte Víctor, sacando a colación el obstáculo—. Y hace frío. No queremos que vayan a pillar un resfriado.

—Pero Papá —en la voz de Cari se percibe que está al borde de las lágrimas—, los bebés renacuajos quedarán huérfanos si no se los devuelvo a sus papás.

¿Quién puede oponerse a esa solicitud, y menos después de semejante conversación? El mundo está lleno de pérdidas y, a pesar de eso, suceden cosas mágicas: alguien se encarga de hacerlo mejor. Tía Lola dejó el campo para ir a cuidar a Mami cuando sus papás murieron. Años después, cuando los padres de Miguel y Juanita se separaron, vino de visita y se quedó para cuidarlos.

Esta noche le toca a Caridad devolver a los renacuajos a sus papás, las ranas toro. Mami y tía Lola buscan prendas adecuadas para la lluvia, y en cuestión de unos momentos todos quedan protegidos con viejos rompevientos, gabardinas, impermeables, ponchos confeccionados con bolsas de basura, botas, zapatos de goma y tenis. Se agrupan para salir, con Miguel a la cabeza y Cari, que lo sigue, con el frasco de conservas en una mano y la espada mágica en la otra.

●●●

Más tarde, cuando va camino del ático, Miguel se detiene a darles las buenas noches a las niñas, por sugerencia de Mami. Pero no le importa obedecer. Se siente mucho mejor, sobre todo después de ver unas cuantas estrellas que se asomaban por entre las nubes cuando volvían del estanque. Todo parece indicar que mañana sí habrá prácticas.

En su cuarto, Cari se está metiendo a la cama. —¡Hasta mañana, Miguel! —le dice, y mueve la espada como si se despidiera con ella, antes de ponerla entre las sábanas.

—¿Qué está sucediendo? —exclama Victoria, y se queda boquiabierta por la sorpresa.

Cari sale de la cama, con la esperanza de que no haya algo horripilante entre las sábanas, que la obligue a portarse de manera valiente otra vez.

—Tu espada, mírala —señala Victoria, y revisa ambos lados de la hoja—. Ya no tiene el nombre escrito —quizás las letras se destiñeron cuando Cari se abría paso por el campo húmedo, tanteando con la espada para asegurarse de que no hubiera puercoespines ni zorrillos ni serpientes ni arañas en su camino.

51

Victoria llama a tía Lola, que está en el cuarto vecino, acostando a Juanita y a Essie en la cama de dosel que han decidido compartir las dos. —Tía Lola, ¿cambiaste tu espada por la de Cari o algo así?

—Mi espada está arriba —afirma tía Lola—. Y tú has tenido la tuya todo el tiempo, ¿cierto Cari?

Cari asiente con la cabeza. Su espada ha estado siempre a su lado desde que tía Lola dijo que le ayudaría a vencer el miedo y a convertirse en la niña grande y valiente que es en el fondo, y que pronto entrará a kínder.

—Ahora que está en blanco, puedes escribirle lo que tú quieras —dice tía Lola. Y saca de su bolsillo un marcador para que Cari pueda escribir su nombre de verdad, y no su versión en inglés, en letras grandes y bien visibles sobre la hoja mágica de la espada.

Cuatro

lunes

Víctor, el vencedor

El lunes amanece bajo un sol deslumbrante que saca destellos del techo metálico del cobertizo. Para la tarde, el campo de atrás ya se habrá secado lo suficiente para el entrenamiento de béisbol. Miguel se siente en el cielo, por encima de todo, como si de verdad fuera capaz de hacer magia.

Durante el desayuno, Víctor ofrece ayudarle a preparar el terreno de juego, recogiendo las ramas y palos que la lluvia pueda haber dejado en el campo. Mami siente cierto alivio, pues eso mantendrá a Víctor ocupado hasta que ella vuelva a casa. Los cursos de verano ya comenzaron y, aunque pidió unos días de vacaciones después del 4 de Julio, hoy tendrá que pasar unas cuantas horas en su oficina. Las niñas estarán bien al cuidado de tía Lola. De hecho, hoy organizó una especie de spa de campamento de verano, y va a pintarles las uñas, a hacerles la pedicure y rizarles el pelo antes de salir de compras. Es un día de niñas. Y solo Esperanza parece no estar muy entusiasmada con los planes.

Después de desayuno, Miguel y Víctor se dirigen al campo. Paran en el cobertizo a dejar los útiles de juego que llevaron desde la casa. Antes de acomodar el último bate en un rincón, Víctor hace varios *swings*: —¡Cuántos recuerdos! —dice con voz soñadora.

—¿Recuerdos de qué? —pregunta Miguel con curiosidad. Llevan un rato hablando de béisbol sin parar, puntuaciones, jugadores, equipos.

—Ah, ya te podrás imaginar... tener tu edad, y estar lleno de grandes sueños —dice recordando viejos tiempos—. Yo quería llegar a ser todo un jugador estrella. En Nuevo México no teníamos un equipo como tal al cuál seguir, pero yo veía todos los juegos que podía en la tele. Incluso organicé mi propio equipo, y logramos ser bastante buenos. Mi entrenador llegó hasta a ir a hablar con mi familia.

—¡Qué bien! —dice Miguel, mirando a Víctor desde otro punto de vista. Es extraño que alguien de la edad de tus padres resulte haber tenido sueños semejantes a los tuyos—. ¿Y qué pasó después? ¿Llegaste a jugar?

Víctor suspira, y es un suspiro tan profundo y conmovedor que Miguel se queda sin palabras. —Yo era el mayor de siete hijos, y por eso siempre tuve que ayudar. Sin embargo, jugué mientras estuve estudiando, escuela, universidad, siempre que pude. La carrera de derecho fue dura. Trabajaba por las noches y los fines de semana para poder pagar los estudios. Y luego me casé, nacieron las niñas, mi esposa se enfermó... —su voz se convierte en un susurro.

A Miguel siempre lo entristece oír cuando los adultos cuentan que tuvieron que abandonar algo que de verdad querían para hacerse cargo de sus responsabilidades. Con eso, no parece que hacerse grande fuera nada bueno. Pero Miguel también se da cuenta de que Víctor no quería que su esposa muriera, ni que pasara nada malo. Así como Miguel tampoco quiso que sus papás se divorciaran.

—Pero terminé con tres niñas maravillosas —añade Víctor, al darse cuenta de que los metió a ambos en el pantano de sus recuerdos melancólicos—. Y te digo que Essie es una jugadora estupenda. Tiene un brazo que pone a temblar a cualquier bateador. Ha sido agradable volver al béisbol al participar en las prácticas de su equipo.

—Entonces, ¿de verdad entrenas? —Miguel no iba a creerle todo a Essie.

—¡Claro que sí! —y luego añade, mirando sobre su hombro como si algún supervisor pudiera reñirlos por no

55

seguir limpiando el campo—: ¿Qué te parece si practicamos unos lanzamientos antes de seguir recogiendo ramas?

La mañana pasa sin que se den cuenta. Es casi mediodía cuando uno y otro se deciden a terminar la limpieza. Para cuando se encaminan a la casa, a almorzar, Miguel ha aprendido a lanzar una bola curva tremenda. Y además ha pasado una mañana mucho más entretenida de lo que se imaginó.

Miguel tiene la esperanza de que su papi no vaya a pensar que Víctor es un sustituto de papá ni nada parecido. En realidad, preferiría pasar estos ratos con su papá, pero también es cierto que él jamás ha demostrado ningún interés en el béisbol fuera de observar a su hijo cuando juega.

●●●

Cuando bajan a almorzar, las niñas se ven diferentes, y huelen diferente. Tienen rizos en el pelo, las uñas pintadas de blanco o rosa nacarado, y en los labios se han aplicado brillo. La única que se ve normal es Essie, que no ha cambiado para nada.

Víctor repasa los planes de la tarde. Después de almuerzo, llevará a las niñas y a tía Lola al pueblo, para dejarlas allí. ¿Y cómo van a regresar?

—¿Tendrá más sentido que me quede con ustedes allá?

Victoria no quiere ni imaginarse lo que sería ir de

compras con su papá. Eso echaría todo a perder, Papá no aprueba lo que llama "la locura consumista", a menos que suceda en una librería, en la sección de historia o de deportes en particular. —Linda dijo que ella podría recogernos cuando salga de la oficina.

—Eso, o podemos pedir un aventón —dice Essie con desenfado, como si estuviera provocando a propósito a su padre.

Y funciona. La cara de Víctor se transforma en una máscara de preocupación: —Nunca jamás se les ocurra...

—Subirse a un carro con un desconocido —dicen las Espadas a coro, chocando palmas entre sí y muertas de risa.

Víctor aguarda hasta que las carcajadas pasan. Y luego hace que sus hijas le prometan que nunca van a subirse al carro de un desconocido.

—Sabes que con eso tenemos que descartar también las ambulancias, Papá —dice Victoria, guiñando un ojo. Es bueno verla así, un poco bromista, ya que siempre parece ser tan correcta—. ¡Pobre Papá! Te van a salir aún más canas de tanto preocuparte por nosotros —Victoria le da un beso en la mejilla, para que tampoco empiece a preocuparse de envejecer y morir un día.

Miguel ya ha notado que Víctor se preocupa muchísimo con todo lo relacionado con sus hijas. Y si sigue preocupándose, ni siquiera va a permitirse ser entrenador de béisbol, pues andaría preocupado por volver demasiado tarde a casa después de las prácticas o por estar lejos por los partidos en otros lugares. Y si no es por esas razones, se preocupará por recibir un pelotazo que lo deje muerto y así las niñas quedarían huérfanas. Miguel quisiera poderle decir eso a Víctor pero, como ya bien sabe, de poco sirven todos los consejos del mundo mientras uno no esté listo para cambiar desde muy adentro.

—A propósito, parece que ustedes, niñas, se la pasaron bien arreglándose en el spa de tía Lola —dice Víctor, y se nota aliviado de cambiar de tema.

—Yo no me hice nada —dice Essie a la defensiva. Es como si su padre la hubiera acusado de un delito—. Estaba en el jardín delantero, practicando —tía Lola le había encontrado un bate que Miguel dejó olvidado en el ático y una bolsa con pelotas viejas. Essie había estado tirándolas al aire para batearlas y enviarlas hacia el lado de la casa—. Lejos de cualquier ventana —dice rápidamente, antes de que su padre, que se preocupa por ese tipo de cosas, se lo recuerde.

—¡Ay, Essie, te aseguro que no se me ha olvidado! —dice su padre en tono de disculpa. Claro que mantendrá su promesa de jugar béisbol con las niñas, a pesar de que solo haya una interesada—. Te propongo lo siguiente: déjame que lleve a las demás al pueblo, y después tú y yo haremos nuestra práctica, en el jardín delantero, para no

58

estorbarle al equipo —agrega, para tranquilizar a Miguel—. ¿Te parece, capitán?

Miguel titubea. En realidad, preferiría que todas las niñas se fueran, sobre todo la mediana de las Espadas. Pero incluso sin Mami para llamarle la atención, sabe que si dijera eso no sería un buen anfitrión. Además, confía plenamente en que Víctor cumplirá con mantenerse alejado del entrenamiento. Aunque en realidad no le importaría que le diera algunos consejos. Después de su breve práctica de la mañana, Miguel se dio cuenta de que Víctor tiene esa inteligencia beisbolística que le serviría mucho al equipo para ganar el juego del sábado.

◆◆◆

Víctor y Essie están dedicados a su juego de pelota cuando empiezan a llegar los compañeros de Miguel. Al poco tiempo hay una pequeña multitud mirándolos. Essie parece toda una profesional: cada uno de sus lanzamientos bajo perfecto control. Su papá le grita indicaciones.

—¿Y esos quiénes son? —preguntan los compañeros de Miguel sin parar.

—Un amigo de mi mamá. El abogado de Nueva York que nos ayudó con lo de tía Lola.

—No, no hablo de él, sino de la otra, la niña.

—¡Ah! Es solo su hija.

59

¿Solo su hija? Nada de eso, da a entender la expresión de todos. Conocemos a un lanzallamas de solo verlo. —Ojalá yo pudiera jugar así —dice Patrick con tono anhelante. Eso de ser el más pequeño de todo el equipo, y el menos bueno además, no es nada divertido—. A lo mejor acepta practicar conmigo, ¿no creen?

En este momento es cuando Miguel quisiera haberse negado de manera más tajante a que Víctor y Essie se quedaran en lugar de irse al pueblo. ¿Pero cómo iba a imaginarse que ella resultaría ser una pelotera tan tremenda como para hacer que él y sus compañeros parecieran jugadores del montón?

El siguiente lanzamiento es una bola rápida que bien podría llevarse una multa por exceso de velocidad. Rudy acaba de llegar, con Dean y el hermano mayor de este, Owen, que le ayuda a Rudy con los entrenamientos, pues en los últimos tiempos no se ha sentido a la altura de los muchachos. Serán los años, o a lo mejor es que el restaurante absorbe toda su energía y no le queda mucha para las demás cosas. —¡Así se hace! —le grita a Essie.

Víctor y Essie se acercan a saludar. Una cosa lleva a la otra, y al final Rudy se entera de que Víctor ha estado entrenando al equipo de su hija en Nueva York. —Cuando quieran unirse a nosotros, serán bienvenidos —les dice Rudy, y con eso la confianza de Miguel se despeña otra vez. Pero, tal como se imaginó, Víctor mantiene su promesa—. Gracias, pero sabemos que el equipo tiene que concentrarse y evitar distracciones. Y nosotros nos la estamos pasando muy bien aquí, ¿cierto, Essie?

Pero la mediana de las Espadas oyó una oferta que le cuesta mucho rechazar. Es más, ella nunca se comprometió a quedarse lejos de Miguel. —Ya sé que no puedo jugar con ustedes —le dice a Rudy sin hacer caso de las miradas que le lanza su papá—, ¿pero al menos puedo ir a mirar la práctica?

—Cuando quieras —contesta Rudy, sin notar el leve gesto de disgusto que el papá de la niña le dirige a Miguel.

●●●

A lo mejor a Miguel le inquietaba que Essie echara todo a perder, o tal vez no debió dejar su espada de la buena suerte en la casa. Tampoco es que hubiera podido jugar con ella colgando del cinturón, pues tiene casi el tamaño de un bate. Pero quizá de haberla llevado consigo hubiera evitado lo que pasó después. De alguna forma, al comenzar a hacer un lanzamiento, tropezó y se torció un tobillo.

Víctor debió oír los gritos de dolor y correr hasta el lugar, porque es él quien alza a Miguel y lo saca del campo. Tras discutirlo con Rudy, decide llevar a Miguel a Emergencia del hospital para descartar una fractura.

—Hoy es tu día de suerte —le dice el médico de Emergencia luego de examinar la radiografía—. No se ve que haya fractura, pero no podrás apoyar el pie al menos por una semana.

Víctor, que ha estado caminando de un lado a otro a lo largo del estrecho consultorio, se detiene. —¿Una semana? —exclama, al tiempo con Miguel.

—Lo siento, señores —se disculpa con ambos el doctor, pues el hombre parece tan contrariado como el muchacho—. Pero no querrás que ese tobillo quede maltrecho y que luego no puedas jugar en lo que queda del verano, ¿cierto?

Miguel no soporta que los adultos hagan esas preguntas tan tontas. ¿Qué espera que responda? Sí, señor. Me encantaría lastimarme el tobillo y no poder jugar en todo el verano. —Pero, ¿y qué pasa si lo cuido mucho durante un día y después me siento perfectamente bien? ¿Podría jugar entonces?

El doctor niega con la cabeza. —Lo lamento, pero va a tardar más de un día en sanar.

—Tiene que haber algo que usted pueda hacer —suplica Miguel. Está dispuesto a pasar por lo que sea, un montón de inyecciones o una operación, con tal de estar listo para jugar el sábado.

—Escúchenme bien —contesta el doctor, algo irritado—. Desde mi punto de vista profesional, necesitas reposo durante una semana. Eso es todo lo que puedo decir como médico. Más allá, estaríamos hablando de milagros.

Víctor y Miguel cruzan una mirada. A ambos se les prendió un bombillo en la mente. Sucede que los dos conocen a alguien que podría ayudar a que Miguel se mejore milagrosamente muy pronto.

●●●

De vuelta en casa, Mami y tía Lola y las niñas ya se enteraron de las noticias a través de Essie. Mami está tan preocupada que quisiera irse ya mismo al hospital, pero justo en ese momento aparece la *van* en el camino de entrada. Se arma un alboroto cuando Víctor carga a Miguel hasta la puerta, subiendo los escalones del frente, pues su mamá pregunta por fracturas y las niñas se llevan las manos a la cara en gesto dramático, como si Miguel fuera un soldado herido que vuelve de la guerra.

Después de la práctica, el equipo entra a la casa en busca de noticias de su capitán lesionado. También se supone que deben probarse los uniformes, pero les da pena preguntar al respecto, ya que saben que Miguel seguramente no podrá jugar el sábado.

—A ver, equipo, quiero que todos vayan a mi cuarto ahora y se prueben sus uniformes —les ordena Miguel, con lo cual hasta él mismo se sorprende. La moral de su equipo debe mantenerse en alto, a pesar de la mala suerte del capitán. Durante unos instantes, siente una extraña sensación adulta con eso de anteponer la felicidad de otros a la suya.

Víctor insiste en cargar a Miguel los dos pisos por las escaleras, a pesar de sus protestas. No quiere parecer un bebé frente a sus compañeros. —Nada más quiero protegerte el tobillo mientras logramos hablar con tía Lola —le explica en un susurro.

Miguel le agradece a Víctor que no haya mencionado frente a su madre lo que dijo el doctor de no apoyar el pie en toda una semana. No hace falta que Mami sepa nada más. Porque luego, incluso si sucediera un milagro y el tobillo sanara como por arte de magia, Mami no lo dejaría apoyar el pie hasta que pasara hasta el último minuto de esa semana. Pero Miguel no sabe si Víctor guarde silencio mucho tiempo más, ya que parece preocuparse mucho por todo. Además la lealtad entre padres debe ser más fuerte que la lealtad entre fanáticos del béisbol.

Tía Lola ha estado entrando y saliendo de la habitación de Miguel, revisando cuáles uniformes necesitan arreglos. Cuando sale el último miembro del equipo, Víctor la llama y cierra la puerta tras ella. —Tenemos algo qué hablar contigo, tía Lola —y se pasea nervioso por el

64

cuartito. Miguel también está muy nervioso, sentado en su cama, con el tobillo sobre un almohadón y sacudiendo el pie sano sin poderlo evitar.

—Sabemos que tienes habilidades especiales —Víctor se calla porque la tía Lola niega con la cabeza. Víctor le lanza a Miguel la misma mirada de pedido de auxilio que a veces le hace a Victoria, cuando necesita que lo respalde para controlar un berrinche o hacer cumplir una regla. Pero a Miguel tampoco se le ocurre cómo abordar a su tía Lola. ¿Cómo se le pide a alguien que obre un milagro?

Como Miguel no habla, Víctor continúa: —¿Acaso no es un hecho, según tú misma dijiste, que las espadas que nos diste tienen la capacidad mágica de ayudarnos a enfrentar retos especiales? —pero habla como abogado, tomándose demasiado tiempo para explicar algo sencillo. A este paso, Mami va a subir para averiguar por qué no han bajado.

—El doctor dijo que no debo caminar sobre este pie en toda una semana, a menos que ocurra un milagro —suelta Miguel.

—Ya veo —contesta su tía Lola, y se sienta en la mecedora con uno de los uniformes que debe arreglar. Contempla detenidamente a Miguel y luego a Víctor, como si pudiera ver hasta el fondo de sus almas—. ¿Quieren que haga un milagro?

Víctor deja escapar una carcajada avergonzada. Al fin y al cabo él es un adulto, un profesional, un papá, todos los requisitos para no creer en milagros ni en magia. Y durante la mayor parte de su vida adulta ha sido una persona trabajadora y sensata. Pero justo en este momento necesita que su vida tome otro rumbo. Quiere que este niño pueda jugar el deporte al que él tuvo que renunciar.

—Supongo que eso es lo que te estoy pidiendo —y niega con la cabeza, como si no pudiera dar crédito a lo que se oye decir.

Miguel asiente: —Yo también, tía Lola, ¡por favor! Tú sabes lo mucho que este partido significa para mí.

Tía Lola levanta una mano para detenerlos a ambos. —Me parece que les he dado una impresión equivocada. Las espadas son para ayudarles, pero somos nosotros los que tenemos que hacer nuestros propios milagros.

Eso no suena nada bien. Miguel baja la cabeza para ocultar las lágrimas. No solo se ha convertido en un pésimo jugador de béisbol sino que además ahora es un llorón.

Pero Víctor no se da por vencido. —Muy bien, así será. Vamos a hacer nuestro propio milagro, ¿cierto, Miguel? Primero vas a tener ese pie en alto hasta mañana en la noche. Y como no queremos atraer demasiada atención con unas muletas, vas a tener que dejar que te cargue de un lado a otro.

Miguel no quiere tener que decirle a Víctor que si cree que las muletas puedan preocupar a su Mami más de la cuenta, lo de que lo tenga que cargar a todas partes puede ser peor. Pero Víctor se oye como un niño decidido a creer en magia.

—¿Y dónde están las espadas? —pregunta tía Lola, sin que venga a cuento.

Víctor lo piensa un momento. —Creo que dejé la mía en mi cuarto.

Tía Lola se dirige a su sobrino: —¿Y la tuya, Miguel?

Este solloza un poco, se limpia la nariz, recupera la voz. —La dejé en el pasillo de los percheros —y no tiene que dar más explicaciones porque su tía entiende el motivo. No quería parecer un tonto frente a sus amigos.

—Van a necesitar sus espadas —les dice tía Lola. Así que a lo mejor sí va a usar algo de magia. Prometió que su espada serviría para ayudar a quien más lo necesitara. Y Miguel verdaderamente necesita ayuda si un milagro va a desbancar a la medicina moderna.

—Voy por ellas —se ofrece Víctor—. No te preocupes, capitán. Vas a sacarlos del campo a puritos jonrones.

Lo oyen bajar las escaleras apresuradamente, y a la mamá de Miguel que lo intercepta en el camino. Oyen también sus preguntas que expresan preocupación, las respuestas tranquilizadoras de Víctor, las pisadas de ambos que siguen bajando juntos. La habitación de Miguel se

67

llena con un silencio largo y meditativo, y tía Lola lo rompe al final para decir: —¿Sabes que ayudaste a lograr algo muy bueno, Miguel?

Su sobrino queda desconcertado. No puede pensar sino en lo malo que se hizo a sí mismo: torcerse el tobillo con lo cual probablemente quede fuera del primer gran juego.

Tía Lola asiente en perfecta sincronía con el vaivén de la mecedora. —Claro que sí. Víctor no ha hecho sino trabajar como mula desde que era poco mayor que tú. Ha tenido que hacerse cargo de todo tipo de responsabilidades. Pero hoy, contigo, encontró esa partecita de su ser que tuvo que dejar atrás hace mucho.

—¿Te refieres a esa parte que quería jugar pelota?

Tía Lola piensa unos instantes. —La parte que sigue siendo un niño que cree en la magia y los milagros, en lugar de preocuparse todo el tiempo porque vaya a suceder lo peor.

Así es como se siente Miguel ahora. A lo mejor, Víctor y él intercambiaron personalidades. De ahora en adelante, Miguel será lo más cuidadoso y serio del mundo, y lo menos divertido también.

—No vayas a perder esa parte de ti —le dice tía Lola, como si le leyera la mente. Habla con voz dulce pero su mirada es intensa—. Porque si la pierdes, habrás perdido el juego, el gran juego que es la vida.

Todo esto suena demasiado profundo, como la parte honda de la piscina mental en la que Miguel se mete únicamente cuando va a la iglesia o cuando tiene un examen. —Tan solo quiero poder jugar béisbol, tía Lola —dice, tratando de no complicarse—. Y quisiera jugar este sábado, de ser posible —y añade esas últimas palabras porque a lo mejor no será el fin del mundo si tiene que perderse el primer gran juego. Tal vez sería peor si se diera por vencido del todo, nada más porque esta vez no podrá obtener todo lo que quiere. Como si se convirtiera en un adulto que le cuenta a su hijo lo que podría haber ocurrido. Igual que Víctor esta mañana, cuando iban a despejar el campo para el juego.

Víctor aparece en la puerta, como si Miguel lo hubiera convocado con el pensamiento, con las dos espadas en la mano. —Toma la tuya, Michael —le dice en broma, y le entrega su espada.

—Y ahora, tía Lola, quiero la verdad, toda la verdad y nada más que la verdad —Víctor usa nuevamente sus frases de abogado, pero esta vez lo hace con una sonrisa en los labios—: ¿Me puedes decir quién hizo esto? —sostiene su espada y señala el sitio donde ahora aparece un pequeño acento sobre la "i" de su nombre.

Las cejas de tía Lola se elevan, como acentos sobre sus ojos. —No sé —contesta en español—. Como ya les he dicho antes, cada quien tiene que hacer sus propios milagros.

—Entonces, supongo que me estoy convirtiendo en un hacedor de milagros —dice Víctor riéndose—. ¿Qué me dices, capitán? ¡Vamos a jugar pelota! —usa su espada para batear una bola imaginaria, y luego se pone la mano a modo de visera sobre los ojos, como si tratará de seguir con la vista un objeto distante.

El tipo se volvió loco, piensa Miguel. Pero no puede evitar reírse. Hay algo encantador en ver a una persona que cree en la magia.

martes

Un 4 de Julio especialmente especial para Juanita

Juanita está sentada en los escalones de la parte de atrás de la casa, con los codos apoyados en las rodillas y la cara entre las manos. Deja salir un largo y triste suspiro. Estaba tan entusiasmada con la visita de las Espadas justo en ese momento de las vacaciones de verano en el que empezaría a echar de menos a sus amigos de la escuela. Y después estaba tan entusiasmada cuando a tía Lola se le ocurrió la idea del campamento de verano, con cine y maquillaje y *marshmallows*. Pero ahora, en el cuarto día de la visita de las Espadas, las cosas no van tan bien como esperaba.

Por un lado, la grandiosa idea del campamento de verano parece haberse esfumado. Essie y Victoria están en el campo de atrás, con su papá y Miguel y el equipo de

71

béisbol. A Essie le pidieron que entrara a sustituir a Miguel mientras sanaba su tobillo. Entre tanto, Victoria ha descubierto que el béisbol le despierta un increíble interés. Eso deja nada más a Cari para jugar con Juanita. Y aunque se lo prometió a Mami, una niñita de cinco años no es la mejor compañía para una de nueve años, que está a punto de entrar a cuarto de primaria.

Juanita ya hizo su parte. Le leyó a Cari tres veces su viejo libro que cuenta cómo los renacuajos se transforman en ranas. Trató de tener paciencia mientras Cari la seguía y preguntaba mil cosas para poder participar en cualquier cosa que Juanita estuviera haciendo. ¿Podía pintar ella también una bandera con los marcadores de Juanita? ¿Podía ayudarle a vestir a las muñecas para la fiesta del té del 4 de Julio? ¿Podía probarse el tutú de Juanita y luego jugar a ser un hada madrina bailarina? Hasta que Juanita ya no pudo más.

—¿No puedes irte a jugar con alguien de tu edad? —le dijo secamente y sin darle opciones, pues no había nadie más de cinco años en la casa—. Me estás molestando.

Cari parpadeó varias veces y se sonrojó. Cabizbaja, se encaminó a la cocina, donde Mami y tía Lola estaban preparando un festín. Lo extraño es que la explosión de Juanita no hizo que se sintiera mejor, cosa con la cual no contaba. Pero no pudo evitar portarse así. Quería hacer algo divertido, con alguien de su misma edad.

Otra cosa con la que no contaba es que ya no es la mejor en nada. Antes de que vinieran las Espadas, Juanita era la que mejor leía, la que mejor hablaba español, la que mejor usaba su imaginación. En otras palabras, con un hermano nada más, era la mejor al menos la mitad de las veces, o más. Pero ahora, con otras tres niñas alrededor, Juanita no ha podido distinguirse. En la búsqueda del tesoro, fueron Miguel y Victoria quienes descifraron las pistas. Lo único que ella hizo fue romper por error una pista crucial que hubiera dado al traste con el juego si Valentino no hubiera acudido al rescate. ¡Hasta un perro la había superado!

Juanita ya no está muy segura de querer que las Espadas se queden más allá del domingo, como les ha oído murmurar a Víctor y a Mami. De lo contrario, jamás volverá a ser la mejor en nada.

Mientras contempla ese sombrío panorama, Juanita siente que hay alguien a su lado. Es su tía Lola, con esa mirada que ya le conoce. Puede saber que algo anda mal incluso antes de que uno le cuente. —¿Qué pasa, calabaza? —pregunta en español. Juanita suele entender el español de tía Lola, pero hoy no tiene ni idea de lo que le dice.

Tía Lola señala las enredaderas del jardín. —Calabaza es lo que crece en esas enredaderas.

¡Genial! Ahora Juanita es un vegetal, tal como se siente.

En la casa, oye a su madre en plenos preparativos para la parrillada del 4 de Julio. Cari le está ayudando a contar los cubiertos para los asistentes. No iban a hacer una gran fiesta pero, después de que Miguel se torció el tobillo ayer, Mami habló con los papás de sus compañeros de equipo cuando los fueron a recoger. Muchos de ellos accedieron a cooperar para celebrar una parrillada entre todos. Seis familias vendrán más tarde, y también el coronel Charlebois; Stargazer, la amiga de Mami, dueña de esa tienda tan divertida en el pueblo; Rudy y su hijo Woody, ya que el café está cerrado por el día festivo. El equipo decidió hacer un entrenamiento antes de los festejos. ¿Por qué no? Si el clima lo permite...

Así que, a pesar de todo, va resultando un 4 de Julio especial. Pero Juanita se siente tan poco especial que no le encuentra nada fuera de serie al día. No habrá fuegos artificiales. Los cancelaron por el pronóstico de lluvia. ¿Cómo se va a celebrar un 4 de Julio sin fuegos artificiales?

Tía Lola está sentada a su lado en silencio, acompañando a su sobrina y sin fastidiarla para que le cuente qué sucede. Desde los escalones de atrás donde están, observan el magnífico y exuberante jardín. Este año, con motivo de su solicitud para obtener la residencia en este país, tía Lola sembró su huerta con la forma de los Estados Unidos.

—Voy a quitar unas malezas en la Florida —dice. O

74

bien——: Iré a cortar unos espárragos en Oregon y de regreso pasaré por Minnesota a recoger unos rábanos ——quien la oiga, pensará que en realidad va a viajar a esos estados a cosechar la cena.

——Todos tienen algo qué hacer menos yo ——dice Juanita finalmente. Estaba demasiado contrariada y molesta para hablar con quien fuera, y ahora de repente las palabras le brotan——. Ya no puedo hacer nada especial ——confiesa. Así debe sentirse su hermano cuando Juanita recibe elogios por ser la mejor en lectura, la mejor estudiante, la mejor en español.

Tía Lola le rodea los hombros con su brazo. ——Eres especial, y con eso, todo lo que haces también es especial.

Juanita no puede evitar sonreír. Ha corregido a tía Lola miles de veces, porque sigue pronunciando "special" en inglés de la misma manera que en español, "especial", porque está acostumbrada a decirlo así. De cualquier forma, a Juanita le encantaría poder creerle a su tía, pero tiene una larga lista de cosas que ha hecho últimamente que no son nada especiales. ——Si hasta mi *marshmallow* se cayó a la fogata.

——Fue porque estabas tratando de ayudar a Cari con el suyo, y eso fue algo especial ——le recuerda tía Lola. Juanita usó su vara de asar para rescatar el *marshmallow* de Cari de las llamas, y en esas el suyo se cayó. Y en lugar de sentirse especial por ese acto de amabilidad, Juanita se siente mal

75

otra vez por haber lastimado los sentimientos de la pobre Cari hace un rato.

—Y mira tu obra maestra —dice tía Lola señalando con el brazo el mar de flores que flanquea la huerta con forma de los Estados Unidos. Fue obra de Juanita, pues pidió encargarse de las flores este año. ¡Y qué vista! Los lirios que plantó, los corazones de maría, los chícharos de olor, las zinias, las campanillas, las caléndulas, las capuchinas, las vincas, las margaritas. Es cierto que exageró un poco con la abundancia, pero eso no es difícil cuando uno está haciendo un pedido con un catálogo de semillas en pleno invierno.

—¿Y de qué sirve si nadie lo nota? —le pregunta a tía Lola. Ha habido tanta expectativa con la llegada de las visitas, las valientes hazañas de Cari, el accidente de Miguel, y nadie le ha puesto atención a su obra de arte. Ni siquiera la misma Juanita.

—¡Ay, pero van a venir muchos invitados al *barbecue*! —le recuerda tía Lola—. ¡Espera a que vean tu jardín! Les va a encantar. Aunque primero que todo te tiene que encantar a ti, y eso quiere decir que tenemos cosas por hacer. ¿Dónde está tu espada? —tía Lola se ha puesto de pie y revisa a su sobrina con la mirada, como si le faltara una parte importante del cuerpo.

Juanita se encoge de hombros. —En mi cuarto, supongo —no sabe por qué finge que no sabe dónde está.

La dejó en la banca de la ventana, pues allí estuvo tratando de enfrascarse en un buen libro. Pero a pesar de lo mucho que le gusta leer, no pudo dejar de pensar en lo poco amable que había sido con Cari.

—¿Por qué no vas a buscarla y nos vemos aquí en unos minutos?

¿Qué se le habrá ocurrido a tía Lola? Por la ventana que hay tras ellas, Juanita oye a Mami en la cocina, que felicita a Cari por haber dispuesto tan bien los cubiertos. A lo lejos, los compañeros de equipo de Miguel celebran una jugada. En todas partes hay personas que reciben elogios por hacer cosas especiales, mientras que Juanita se sienta en un rincón olvidado y nadie le hace caso. Se levanta despacio, con un suspiro cansado. Detesta decirle a su tía que en realidad no cree que pueda hacer que se sienta especial en este 4 de Julio.

❋❋❋

Lo curioso de sentir lástima por uno mismo es que, una vez que te enfrascas en algo que realmente te gusta, se te olvida todo lo demás. Juanita está tan absorta en su jardín, cortando flores mientras tía Lola prepara una serie de vasitos desechables, que no se entera cuándo se apagan los gritos en el campo de atrás, el equipo entra y los carros empiezan a aparecer por el camino, con los invitados que llegan.

Su espada ha sido muy útil. El borde de plástico de repente se ha afilado lo suficiente como para cortar los tallos, pero no tanto como para correr el peligro de rebanarse un dedo. Las letras de la hoja se van borrando mientras ella hace lo suyo. ¿A quién le importa? "Joan" no es su nombre, al fin y al cabo. En un momento dado, en que ella está casi inmóvil, una mariposa amarillo pálido se posa en la bergamota y luego en su brazo. Juanita se había olvidado de lo mucho que le gusta cultivar flores.

Mientras las cortan, Juanita y tía Lola les hablan a las flores, les dan las gracias y les explican por qué cortan unas y otras no. Tía Lola le dijo que es muy importante hacerlo, pues a todas las plantas y en especial a las flores, les agrada cuando les prestan atención. Igual que a mí, piensa Juanita sin poderlo evitar.

—¡Se ven tan bonitas! —dice y admira la bandeja con todos los vasos desechables que sirven de vasija para las flores rojas, azules y blancas. El centro de cada mesa estará decorado con estos ramos con los colores patrióticos. ¡Qué linda sorpresa para el 4 de Julio! Una vez que todos hayan comido, Juanita bajará por las escaleras con la larga túnica blanca del disfraz de ángel que tía Lola le cosió para el carnaval. Stargazer traerá la corona que Juanita recuerda haber admirado en la vitrina de su tienda. Juanita espera impaciente para ver cómo se iluminan las caras de todos ante la sorpresa especial que tía Lola ha preparado.

Como si las atrajera la promesa de una fiesta, las nubes se agolpan. Las gotas dispersas que caen se vuelven un golpeteo constante, y luego, como advirtiendo al viento, rompe a llover. Qué bien que se cancelaron los fuegos artificiales.

Previniendo el mal tiempo, Mami y Víctor instalaron mesas plegables en el porche. Afuera, en la parte de atrás, Rudy y Woody se encargan de asar hamburguesas y salchichas. Mientras tanto, en la mesa del comedor se apila comida suficiente como para alimentar a todo un pueblo: pollo frito y ensalada de papas, huevos endiablados y palitos de queso, pastelitos y arroz con habichuelas, y tartas de todo tipo.

Todo el mundo está de buen ánimo, relatando historias del verano. La mayor parte de la gente habla de jardines: lo que se pone bonito con la lluvia y lo que no. —¡El de ustedes es una maravilla! —exclaman al asomarse a verlo—. Miren esas flores, y esos preciosos centros de mesa —aunque tal vez no sepan que todo es obra de Juanita, su corazón se infla de contento. A la gente le encanta algo que ella ayudó a crear.

—Vas a tener que venir a arreglar mi jardín —dicen cuando tía Lola les explica que Juanita las ha sembrado. A este paso, Juanita va a tener pedidos durante el resto del verano para hacer asesorías de flores y jardín.

—Mi hermano y mi tía fueron los que plantaron la huerta —admite Juanita, desbordada por tanto homenaje. Mira alrededor buscando a Miguel, y lo ve sentado en el sofá, con la pierna apoyada en la mesita de centro, siguiendo las órdenes del "doctor Víctor" de mantener el pie en alto. A lo mejor es por la espada que lleva bajo el brazo, pero de repente es como si Juanita tuviera visión de rayos X y viera claramente que este ha sido un día muy duro para Miguel. No pudo jugar, y tuvo que ver a Essie relevarlo como lanzador. Y a pesar de todo, no ha perdido el espíritu deportivo. A diferencia de Juanita, que nunca lo tendría. De repente siente una oleada de amor por su dulce, desinteresado y maravilloso hermano. Y curiosamente, no se siente menos especial por el hecho de percatarse de que Miguel también es especial.

—¡Eres el mejor hermano del mundo! —exclama, dejándose caer a su lado. Cuando está a punto de abrir los brazos para estrecharlo en ellos, lo ve encogerse, no quiere que lo avergüence frente a sus amigos. —¿No me crees? —le pregunta, porque la mira con recelo. Juanita ha estado yendo y viniendo por toda la casa, arriba y abajo por las escaleras con tía Lola, lo cual es una señal segura de que algo trama.

—Okey, entonces soy el mejor hermano del mundo. ¿Y por qué te vienes a dar cuenta ahora?

—Al tener a las Espadas aquí caí en la cuenta de que tengo mucha suerte de tener un hermano, ¿sabes?

80

Miguel frunce el ceño, fingiendo fastidio, pero ella alcanza a ver que está contento. Y luego, una sonrisa traviesa le ronda la cara. —Bueno, yo puedo decirte que al tenerlas aquí me he dado cuenta de que soy muy afortunado por tener solo una hermana.

Juanita le da un besito en la mejilla, rápidamente para que nadie lo vea, y se levanta de prisa para ayudarles a Mami y a tía Lola a sacar el resto de los platones con la comida de la cocina. Solo más tarde, al recordar la intrigante sonrisa de Miguel, Juanita entiende que el comentario de su hermano no fue exactamente un halago.

●●●

—Ahora todos, por favor, sírvanse la comida del buffet que se encuentra en la mesa del comedor, y luego pueden sentarse en las mesas del porche —les indica Mami a sus invitados—. Ah, y también les recomiendo que se sienten al lado de alguien que no conozcan muy bien, ¿okey? —es una bonita idea, pero poco después Mami se sienta junto a Víctor. Sin embargo, al ver la cara radiante de su mamá, Juanita comprende la razón. Víctor es un nuevo amigo especial que Mami quiere conocer más.

—Todos encontrarán cuchillo, tenedor y cuchara dentro de las servilletas —anuncia Cari, parada sobre una silla. Demuestra lo que acaba de decir, desenrollando uno de los paquetes que armó. Cuando todos los presentes aplauden con deleite, la carita de Cari se sonroja de gusto. Juanita se da cuenta de lo importante que esto resulta para ella. Por tener dos hermanas mayores, debe ser difícil sentirse importante o ser la mejor en algo. —Oye, Cari, ven a sentarte conmigo —le dice, al verla que ya se ha servido su plato y busca un asiento libre en el concurrido espacio.

Cari se apresura a ocupar el lugar que Juanita acaba de abrirle junto a ella. Es increíble cómo perdona tan rápidamente, como si este gesto amable hubiera borrado por completo la grosería que Juanita le hizo antes. —Me encanta cómo enrollaste los cubiertos —la alaba—. ¿Cómo se te ocurrió la idea?

—Estaba haciendo una familia con los cubiertos —explica Cari—. Primero empecé con papá cuchillo, después mamá tenedor y luego bebé cuchara —lo muestra nuevamente con su envoltorio, y le sonríe feliz a Juanita cuando termina.

¿Cómo llegó Cari a ser tan adorable? ¿O ya era así y a ella le parecía fastidiosa? Juanita siente otra oleada repentina de amor, como le sucedió con su hermano. —Ojalá fueras mi hermanita —le dice, y es la verdad.

—A mí también me gustaría —contesta Cari, y pone su cuchara al lado de la de Juanita para que sean hermanitas.

Las dos niñas se dedican a sus deliciosos platos, con lo que cada una quiso servirse. Hay una cosa fabulosa con las fiestas: los papás están demasiado ocupados para insistir en la porción de verdura o en un trozo más grande de carne. El plato de Cari es una montaña de papas fritas rodeadas por un mar de kétchup, y ya. Juanita se decidió por los sabrosos pastelitos de tía Lola, palitos de queso y una salchicha que será para Valentino. La conversación gira en torno a renacuajos y ranas, cosas medio asquerosas que Juanita preferiría no tratar en la mesa. Pero está tan satisfecha por lo hermosos que quedaron los ramos de flores del 4 de Julio, y por lo mucho que la gente disfrutó el jardín, que las cosas que normalmente le incomodarían no le importan ya.

Al otro lado de la mesa, frente a ellas, Victoria escucha cortésmente una aburridísima historia de béisbol que le narra un muchacho. Debe ser la chica más simpática del mundo, pues siempre se preocupa por los demás. De hecho, normalmente, Victoria hubiera estirado el brazo para limpiarle a Cari la camiseta que se chorreó con kétchup. Hubiera insistido en que Cari incluyera una mayor parte de la pirámide alimenticia en su plato. Pero la propia Victoria a duras penas ha tocado su plato, así que no podría reclamarle nada a su hermanita.

La historia termina finalmente con una andanada de jonrones y el triunfo del equipo local. —Fantástico, Owen —lo felicita Victoria. Owen... Owen... el nombre suena familiar. Pues claro: es el hermano mayor de Dean, que le ha estado ayudando a Rudy a entrenar al equipo. Y de repente, la última pieza del rompecabezas encaja en su lugar y Juanita puede entender claramente por qué Victoria dejó de lado el campamento de tía Lola para irse a ver a un puñado de niños jugar béisbol.

✸✸✸

—Comí demasiado —se queja Essie en el otro extremo de la mesa.

—Yo no —exclama Cari.

—¡Eso es porque solo comiste papas fritas! —la denuncia Essie. Todos sueltan la carcajada. Juanita mira a Cari, confiando en que no vaya a sentir que se burlan de ella y se ponga a llorar. Essie puede llegar a ser demasiado bocazas con lo que dice, tal como Juanita esta mañana, sin pensar que puede herir los sentimientos de otra persona. A lo mejor teme que nadie le preste la menor atención. Pero quizás ahora, que ha estado recibiendo tantos halagos por su habilidad como pelotera, sea más generosa para compartir su lugar privilegiado como centro de atención.

—¿Solo comiste papitas fritas? —Victoria alcanzó a oír el comentario de Essie y se pone atenta de inmediato, con la frente fruncida. Ha estado olvidando sus responsabilidades como hermana mayor, a cargo de su hermana pequeña—. Ay, Cari, ya sabes que tienes que comer balanceado.

84

—Pero es que es el 4 de Julio —explica ella.

—Supongo que tienes razón —sonríe Victoria permisiva—. Con esa camiseta definitivamente parece que te hubieran herido en combate.

Eso es lo que le da a Juanita la idea de incluir a Cari en sus planes. Puede ser un soldado herido de la Guerra de Independencia, con su camiseta ensangrentada y su espada, aunque está casi segura de que para ese momento los soldados ya tenían pistolas. El tener compañía le da cierto alivio, porque ha empezado a sentir miedo escénico de pensar en que la atención de todos los presentes se centre en ella. Y Cari está encantada de participar en la sorpresa de Juanita, y sugiere ponerse un vendaje ensangrentado de kétchup en la cabeza y cojear tal como lo hace Miguel cuando trata de caminar sobre su pie maltrecho.

✳✳✳

A lo mejor tiene que ver con que los fuegos artificiales se cancelaron o será porque estos invitados no tenían ningún otro lugar dónde celebrar el 4 de Julio, pues de otra forma no hubieran podido aceptar la propuesta de último minuto de Mami, pero la sorpresa de Juanita y Cari tiene muy buena acogida.

Con una fanfarria de trompetas (de un CD de Mami) y el sonido de platillos (en realidad una cacerola que tía

Lola hace sonar con una cuchara metálica), un soldado herido de la guerra de independencia baja las escaleras. Blande una espada, para defender la patria de los valientes, o al menos eso es lo que anuncia a las masas que se amontonan deseosas de libertad. Tras el soldado desciende una noble bestia con un pañuelo rojo, llevando una banderita estadounidense en el hocico. Luego, directamente del puerto de Nueva York, hace su entrada la estatua de la Libertad, con su corona en forma de rayos de estrella, su túnica blanca, y una tableta en la cual está escrita la letra del himno nacional, "The Star-Spangled Banner", porque es difícil de recordar. En realidad, durante mucho tiempo Juanita pensó que el himno tenía que ver con José, el mejor amigo de Miguel en la ciudad, porque el primer verso le parecía que en lugar de decir "Oh, say, can you see" decía "José, can you see...". Pero después la señorita Sweeney les contó la historia de la letra en clase, y explicó todo lo que se relataba allí. Todos tuvieron que copiar la primera estrofa, y Juanita se sacó la mejor nota por su buena letra.

La Libertad canta el himno nacional, y el soldado herido la acompaña en las partes que se sabe. Uno a uno, los asistentes se unen al coro. El coronel Charlebois, vestido como de costumbre con su viejo uniforme militar, se pone de pie dificultosamente y se lleva la mano al corazón. Cuando llegan a la parte donde se habla de las bombas que estallan en el aire, Valentino suelta una serie de ladridos explosivos que hacen reír a toda la concurrencia.

Tía Lola llega de la cocina con un bizcocho decorado con velitas y banderitas. Todos entonan el "Happy Birthday" a los Estados Unidos, incluida tía Lola, que se siente llena de gratitud hacia este gran país que le permite quedarse con su familia y todos sus nuevos amigos.

—¡Pidan un deseo! —les recuerda a todos los presentes, antes de que el coronel haga los honores de soplar las velas.

Juanita cierra los ojos. Hace unas horas, tenía un millón de deseos que hubiera podido pedir. Pero ahora no se le ocurre ninguna otra cosa que pudiera hacer más especial este día. Lo único que echa de menos es a su Papi, pero llamó hace poco para decir que Carmen y él, y Abuelito y Abuelita vendrían este fin de semana a visitarlos y asistir al juego de Miguel.

Para cuando se va el último invitado ya está oscuro. Juanita y su familia los despiden desde el jardín delantero, y de repente empieza a verse una lucecita aquí, otra allá, y luego otra y otra, que titilan en la noche. —¡Son luciérnagas! —explica Juanita porque ninguna de las Espadas las había visto de verdad.

Bueno, Essie afirma que vio unas cuantas la noche de la búsqueda del tesoro, pero pensó que eran estrellas, tal como las veía luego de girar y girar sobre sí misma hasta casi desmayarse.

—¿Y por qué se encienden así? —pregunta Cari curiosa.

—La Madre Naturaleza nos está regalando sus fuegos artificiales especiales —le contesta tía Lola.

Juanita no puede evitar sonreír. Después de todo sí hubo fuegos artificiales. De vuelta en la casa, recoge su disfraz y limpia su espada, que aún tiene restos de lodo del jardín, y sube a su cuarto. Cuando tía Lola nota que la hoja de la espada está en blanco, le ofrece a Juanita su marcador, igual que hizo antes con Cari.

—¿Para qué? —contesta ella. Ya no necesita que su nombre figure en una espada para sentirse especial.

miércoles

Vicky, la victoriosa

Victoria está acostada, disfrutando de un lujo que pocas veces puede darse. En la cama vecina, Cari sigue profundamente dormida. Una vez que se despierte, Victoria tendrá que encargarse de ayudarle a vestirse, de acompañarla abajo y hacer que desayune, incluida la lucha diaria para convencerla de que tome leche para que tenga suficiente calcio para sus huesos en crecimiento. ¡Qué maravilla estar en cama dejando volar la imaginación, sin preocuparse por nada ni por nadie!

Pero entonces, una nubecita de preocupación aparece en su mente. ¿Cómo va a librarse de la excursión del campamento de tía Lola hoy? Se supone que van a ir todos al fuerte Ticonderoga, un museo militar, donde habrá una

89

representación de la guerra de independencia. Fue idea de Papá, que es fanático de la historia. Está tan ilusionado con la salida y cree que será algo tan especial pero, hablando en serio, ¿quién va a querer ir a ver a hombres hechos y derechos disfrazados y disparándose entre sí con mosquetes ruidosos? Se va a aburrir como una ostra.

Lo cierto es que Victoria solía pensar lo mismo del béisbol, pero ahora que Owen le explicó todos los intríngulis del juego, se convirtió en toda una aficionada. Tal como iba a decirle ayer, si no hubiera sido por él... Iba a terminar la frase cuando cometió el error de mirar sus grandes ojos azules. Tenían el mismo brillo suave e hipnotizante de un jonrón.

Victoria no quiere herir los sentimientos de su papá, pero de verdad preferiría que se fueran por su lado él y Cari y Linda y tía Lola y Juanita. Con algo de suerte, el tobillo de Miguel se habrá curado y Essie también querrá ir. Está bastante segura de que su hermana no perderá la oportunidad de ver una batalla de verdad, dado que siempre anda en ánimo de comenzar una. Además, sería tan fastidioso que Essie se quedara, porque estaría haciéndole constantes preguntas a Owen sobre béisbol, acaparando su atención por completo. Y Victoria tiene tanto de qué hablar con él antes de irse de Vermont el domingo.

Podría fingir que está enferma, pero eso a lo mejor

resultaría mal. Su padre, que se preocupa tanto por todo, sería capaz de cancelar la excursión y quedarse para insistir en que Victoria guardara cama. Cualquier posibilidad de ver a Owen se disiparía. Como siempre le dice su padre, lo mejor será decir la verdad.

Pero a ella le cuesta tanto decir cosas que la gente no quiere oír y verlos molestos con ella o descontentos consigo mismos. ¡No lo soporta! ¡Si tan solo pudiera deshacerse de esa parte de sí misma! ¡Tendría libertad total de entregarse a su lado divertido, entusiasta, desenfadado y egoísta! Golpea su almohada unas cuantas veces y luego hunde la cara en ella para ahogar sus gritos (si no, podría despertar a Cari): ¡odio ser la responsable, la que siempre ayuda y siempre piensa en las consecuencias, la bien educada! ¡Ay, Owen, Owen, Owen... sálvame, sálvame de este cruel destino de ser la hermana mayor!

●●●

En el piso de abajo, tía Lola está preparando el desayuno. Hoy toca un manjar dominicano, mangú, que es un puré de plátano acompañado de queso frito que Rudy le encarga especialmente a su proveedor de Boston. Un desayuno sustancioso para quienes van a presenciar una batalla sangrienta o jugar béisbol.

Y mientras termina de preparar el plato, siente algo

como la punta de una espada que se le clavara en el corazón. Uno de los participantes en su campamento está en problemas. ¿Quién podrá ser? Tal vez Miguel, que cada vez está más impaciente por la lentitud con la que su tobillo sana. Tía Lola apaga la estufa, se seca las manos en el delantal y se encamina a las escaleras.

En el piso de arriba, ve que se abre la puerta del cuarto de huéspedes. La mayor de las hijas de Víctor, la encantadora Victoria, sale de puntillas. Se sobresalta al darse cuenta de que no está sola.

—Perdón —se disculpa tía Lola. Iba a continuar hacia el ático, para buscar a Miguel, pero nota una sombra de desesperación en la cara de la joven. Con gestos le indica a Victoria que suban a su cuarto del ático. Por un instante, la chica parece indecisa pero luego, con un suspiro de alivio, asiente.

Tía Lola y Victoria, en equipo, se las arreglan para convencer a Mami, Víctor y las tres niñas de que se vayan al fuerte Ticonderoga sin ellas.

Al principio, Essie no se decide. El tobillo de Miguel sigue hinchado. Le encantaría sustituirlo en el juego un día más, pero tampoco estaría mal presenciar una batalla de verdad. —He oído que es como uno de los espectácu-

92

los de Disney World —comenta su hermana mayor, y con eso basta para convencerla.

En cuanto a que tía Lola no vaya, su expresión de un deseo: —Me gustaría mucho un día de tranquilidad para trabajar en mi huerta —es tan fuera de lo común en ella que nadie piensa en hacerla cambiar de idea.

—¿Cómo lo lograste? —le susurra Victoria. Tía Lola se encoge de hombros como si no se diera cuenta de la gran hazaña que acaba de conseguir—. ¿Cómo hiciste para decirles lo que querías sin necesidad de disculpas? —explica.

—Solo les dije a todos lo que quería, sin pedir disculpas —dice riéndose, como si fuera así de sencillo—. Ahora, inténtalo tú.

Pero Victoria no está tan segura de poder resistir la insistencia de su padre. —¿Estás segura de que quieres quedarte, Victoria? —le pregunta una y otra vez, y con cada una, ella siente que su certeza se desmorona un poco más—. Será la oportunidad de ver la historia de nuestro país en acción.

Papá, ¡POR FAVOOOOOOOOOOOOR!, siente deseos de contestar Victoria. *No me importa la historia en acción, ninguna otra fuera de la mía propia.*

Ahí es cuando tía Lola entra en juego: —Victoria me hará compañía y entre las dos cuidaremos a nuestro paciente.

Obviamente, Papá tiene que interponer unos cuantos

obstáculos: —Pero ninguna de ustedes dos puede cargar a Miguel. Y Rudy tampoco. No olviden que ya no tiene veinte años. Y ahora que lo pienso... —¡ay no! Papá está reconsiderando todo el asunto, a menos que Victoria y tía Lola salgan con algo rápidamente, la excursión se va a cancelar.

—Owen puede con él —dice Victoria, con cierto dejo desesperado en la voz.

Mami también ha estado tratando de convencer a Victoria de ir al paseo. Pero en este preciso momento debe estar viendo algo de lo cual no se había percatado antes. Victoria se sonroja ante la simple mención del alto y guapo hermano mayor de Dean, con sus catorce años.

—Víctor, en realidad me siento mucho más tranquila de dejar a Miguel en manos de Victoria —dice Mami, tomando el brazo de Víctor y conduciéndolo hacia la *van*.

Mientras se alejan, Victoria podría jurar que oye que Linda grita: —¡Pásatela bien con Ow... perdón, con Miguel!

●●●

Miguel observó esta escena de despedida con tristeza. No le gusta que lo encasillen en el papel del deportista lesionado que requiere cuidados. No necesita cuidados. Lo que necesita es que su tobillo se recupere para poder jugar el sábado.

Se siente aún más desesperado porque Papi llamó ayer para anunciar que Carmen y él, y Abuelito y Abuelita vendrán este fin de semana para asistir a su primer gran juego. Miguel seguía contando con un milagro, y no mencionó su tobillo. Cosa increíble, Juanita tampoco dijo palabra, a pesar de ser la mayor bocona del mundo. Pero también es cierto que su hermana se estaba comportando de manera muy extraña, pues andaba por ahí abrazando a todo el mundo y diciéndoles lo mucho que los quería.

En cuanto a Mami, ella estaba demasiado ocupada para hablar detenidamente con Papi. Dijo que haría las reservaciones para todos en el hostal cercano. Papi debió preguntar si sería posible que se quedaran todos en la casa, como la vez pasada. Claro que se hubiera podido, pero Mami le explicó que todas las habitaciones estaban ocupadas, con Víctor y las niñas de visita. Esto sorprendió mucho a Papi, según comentó Mami después, cosa que Miguel no entendió pues Carmen y Víctor trabajan en la misma firma de abogados. Además, son amigos. Seguro que él le debió mencionar algo sobre ir de vacaciones a Vermont. Pero tal vez no. Entre más conoce Miguel a los adultos, más raros le parecen. Solo su hermana menor es más rara, pero al menos ella no anda mandándolo.

Sin embargo, ninguno de estos planes servirá de nada

si su tobillo no sana. Probablemente Papi cancele el viaje. Quizá, de pasar tanto tiempo con Víctor, Miguel quiere sentir que Papi siempre será su papá, sin importar lo que pueda suceder entre Víctor y Mami.

—¿Qué voy a hacer, tía Lola? —le pregunta una vez que el contingente del fuerte Ticonderoga se ha ido.

—No olvides que con paciencia y con calma, se subió un burro a una palma —contesta con uno de sus refranes preferidos—. Va a tomar un poquito más de tiempo que tu tobillo sane, así como va a tomar más tiempo que crezcas. Todo esto está por venir, te lo aseguro.

Pero la paciencia de Miguel está desgastada. Lo bueno es que tía Lola invita a Dean y a su hermano Owen a almorzar antes de la práctica, y eso hace que Miguel deje de pensar en que algunos burros que tratan de treparse a una palma quizá no logren llegar hasta arriba.

❖❖❖

Es un día fabuloso para Victoria.

Lo único malo es que no le gusta no haberle dicho la verdad a su papá. *Papá*, debió decirle, *quiero un poco de tiempo para mí misma; quiero conocer a este muchacho tan agradable; quiero hacer cosas que me resulten divertidas sin tener que cargar siempre con mis hermanas menores.* ¡Es un alivio tan grande hablar con tía Lola, que la escucha y no la hace sentir como una criatura malcriada! Es como volver a tener a su madre. Pero hasta el simple hecho de decir eso podría entristecer mucho a Papá.

—La próxima vez le dirás un poco más de la verdad —le dice tranquilizadora, mientras preparan el almuerzo—. Estás avanzando de a poquito y, al igual que Miguel con su tobillo, tienes que ser paciente. ¡Hay que darle tiempo al tiempo! ¿Conoces esa expresión? —tía Lola es como una entrenadora para la vida.

Victoria hace un gesto, como si fuera Miguel apoyándose en su pie adolorido. —Mi mamá solía decir eso —explica, con voz dolida, y empieza a sollozar en brazos de tía Lola. Afortunadamente Owen y Dean y Miguel están en la sala, viendo algún juego en ESPN. —Perdón —dice una y otra vez, pero tía Lola le responde que no hay nada qué disculpar. Comprende lo difícil que es para Victoria crecer sin su madre.

Antes de reunirse con los muchachos, Victoria se lava la cara. —¿Se nota que estuve llorando?

—Sí, se nota. Y por eso mismo te brillan más esos ojos cafés y se te ve más linda la cara —tía Lola tiene una manera de decir la verdad que no te hiere.

—¡Ay, tía Lola! —Victoria le da un abrazo a su maravillosa nueva amiga—. Espero que nos vengamos a vivir a Vermont.

Tía Lola le devuelve el abrazo. —¡Yo también lo

97

espero! —ese sería el mejor milagro: que Linda y Víctor se enamoraran.

●●●

—¿Qué es todo esto de las espadas? —pregunta Owen cuando van camino del campo de atrás. Miguel y Victoria han insistido en llevar esas espadas como de disfraz de Halloween con ellos. Owen hace de muleta del lado derecho de Miguel, y Victoria del izquierdo. Tía Lola los sigue, con un banquito sobre el cual apoyar el pie lesionado.

—Las espadas son una tradición latina —dice tía Lola con ánimo juguetón—. Sí, Owencito —le asegura, y usa el diminutivo aunque el muchacho la supera ampliamente en estatura—. ¿Te acuerdas que el ángel de los enamorados lleva sus flechas de amor? —debe referirse a Cupido, claro—. Bueno, antes de un juego o de un entrenamiento, los latinos cargamos espadas de juguete para recordarnos que debemos jugar limpio y hacer amigos.

—Increíble —dice, pero de repente los únicos tres latinos que conoce sueltan la carcajada—. ¿Qué sucede? —pregunta desconcertado.

—Te estoy tomando la oreja —explica tía Lola, cuando en realidad quería referirse a tomar el pelo. A veces se le confunden las expresiones en inglés.

98

—Querrás decir que le estás tomando el pelo —aclara Victoria cuando logra dejar de reírse.

—No es más que una bromita para Owencito —dice tía Lola—, así que le tomé la oreja. La próxima vez sí será tomada de pelo, ¡o de cabeza entera!

Blande su espada amenazante, y Owen se agacha, como si estuviera defendiéndose. Al hacerlo, suelta a Miguel, que accidentalmente se apoya en su pie lesionado. ¡Y qué sorpresa! El tobillo está aún sensible, pero en realidad ya no duele.

● ● ●

Para el momento en que el regimiento británico ha disparado su primer cañonazo, y cuando la infantería ligera ya marchó a través del prado del fuerte Ticonderoga, el equipo lleva practicando una hora y necesita un receso. Tía Lola y Victoria salen de la casa con una bandeja de galletas caseras y dos jarras de limonada.

—¿Dónde está el coronel? —pregunta tía Lola y mira a su alrededor, pues el coronel suele asistir a las prácticas del equipo.

—En casa, resfriado —suspira Rudy. Había sido una ardua labor convencer al anciano señor de que no saliera de casa ese día—. ¿Cómo está nuestro otro soldado herido? —pregunta Rudy, y señala el pie de Miguel.

99

—¡Súper! —contesta Miguel, y da unos cuantos pasos. Está listo para jugar.

Pero Rudy no está seguro de que el tobillo ya haya sanado lo suficiente. —No quiero ser aguafiestas, capitán, pero ¿qué tal si le damos un día más?

Miguel le lanza una mirada desesperada a Owen, pero como asistente del entrenador, su deber es respaldar a su jefe. Y relata cómo el año pasado se lastimó el brazo por jugar antes de que terminara de curarse. Uno podría pensar que estuvo al borde de la muerte, o algo así. Victoria parece que fuera a desmayarse.

—Owen tiene razón, Miguel —le ruega Victoria—. Un día más, por favor —y se ve tan preocupada por Miguel como hace un instante lo estaba por Owen.

La verdad es que es difícil resistirse cuando una chica bonita se comporta como si uno fuera a romperle el corazón si no hace caso a sus pedidos. También sirve que se siente a su lado en la banca, y pregunte sobre las reglas y jugadas.

Una cosa lleva a la otra, y al rato Miguel le está contando a Victoria sobre sus temores con respecto al fin de semana.

—¿Y qué es exactamente lo que te preocupa? —sí que sabe escuchar, pues lo deja terminar sin interrumpirlo, y piensa en lo que ha dicho antes de responder.

—Me preocupaba no poder jugar. Pero creo que ahora

lo que me preocupa es que perdamos. Y también que Papi se pueda sentir mal sobre tu papá y mi mamá —no quiere dar la impresión de estar criticando a Víctor, que en realidad le cae muy bien, y eso precisamente es parte del problema. Siente que está siendo un poco desleal con Papi.

—¿Pero no dijiste que tu papá y Carmen están comprometidos y van a casarse?

—Ya lo sé —dice, encogiéndose de hombros. Levanta su espada que está a su lado, y hace unos cuantos movimientos de espadachín en el aire—. ¿Sabes que haría con esta espada si fuera mágica de verdad? La usaría para deshacerme de las preocupaciones. ¡Paf, paf, paf!

Victoria le sonríe. —¿Y qué es lo que te impide hacerlo, Michael? —le dice en broma. Y entonces oye que la pregunta resuena en su interior, muy en lo profundo. *¿Qué es lo que te impide a ti hacerlo, Victoria?*

***

Esa noche, durante la cena, todos tienen una historia para contar de su maravilloso día. El contingente de la excursión al fuerte casi que se enreda en combate para decidir cuál fue la parte más emocionante de la representación: si ver a los casacas rojas disparando sus cañones, o a la infantería marchando en perfecta formación, o a los colonos que los emboscaban justo detrás de la caseta de refrescos, o a los que permanecían leales a los británicos ondeando sus banderas blancas para rendirse.

El grupo que se quedó en casa los oye pacientemente. No parecen sentir la menor envidia por lo que cuentan, cosa curiosa. Al fin y al cabo, no presenciaron ante sus propios ojos el nacimiento de los Estados Unidos, justo el día después del 4 de Julio. Miguel ni siquiera logró jugar béisbol, y se pasó un día más mirando desde la banca. Mientras tanto, lo que hizo Victoria fue ayudarle a tía Lola a hornear galletas y preparar limonada y el almuerzo. Pero no importa cuánto insista Essie en la sangre que corrió, o cuántas veces diga Cari lo mucho que se asustó, o cuánto repita Papá que se perdió de aprender un montón de historia, Victoria no se deja impresionar. De hecho, parece más bien que tuviera que disimular un bostezo.

—Bueno, la próxima vez sí tienes que venir, Victoria —afirma Papá, dándolo por hecho.

—Ya veremos —responde ella, como una adulta.

Su padre parpadea sorprendido por la respuesta. —En serio. Estoy seguro de que lo vas a disfrutar.

—¿Y tú qué sabes, Papá? —en la voz de Victoria se percibe cierta aspereza—. ¿No crees que yo debo saber más que tú sobre lo que me puede gustar? —hace retroceder su silla de la mesa con un chirrido ensordecedor. El comedor está en absoluto silencio. Todos están consternados por la transformación de la dulce Espada mayor. Y como si ella estuviera conmocionada también, Victoria rompe a llorar y sale apresuradamente de la habitación. Los demás oyen las pisadas que atraviesan la sala y llegan al pasillo de entrada. "Bang" suena la puerta principal, con una fuerza adicional que parece querer decir: *Y este portazo lo doy por si acaso no han notado lo molesta que estoy.*

Víctor se levanta. Pretende ir en busca de su hija y recordarle que es la mayor, y que está con sus anfitriones, y que les debe a todos una disculpa. Pero tía Lola interviene. —Opino que en este momento lo mejor es permitir que Victoria pase un rato a solas.

Víctor se pasa la mano por el pelo. De repente, parece haber más canas intercaladas con el negro. Se ve confundido. A diferencia de Essie, su hija mayor es la amabilidad hecha persona, siempre dispuesta a complacer. —¿Sucedió algo hoy que la contrariara?

—No, de hecho Victoria tuvo un día magnífico —dice tía Lola y le hace un guiño a Mami.

—Siéntate, Víctor, y hablemos —propone Mami, tomándolo de la mano. Víctor parece calmado por el contacto de esa mano y se sienta—. Niñas y niños —dice Mami, aunque el único niño presente sea Miguel—, ¿por qué no salen al jardín de atrás, preparan la fogata y asamos unos *marshmallows*?

—Deja que te lleve afuera, Miguel —dice Víctor, y empieza a ponerse de pie.

—Estoy bien —le asegura él. ¿Cómo sucedió? No tiene idea, pero su tobillo se siente ya curado. Más tarde, meterá el pie en una solución con unas sales que tía Lola le prepara. Parece que este burro finalmente llegará al tope de la palma hoy.

∗∗∗

Un rato después, Victoria entra nuevamente a la casa, en puntillas de pies. Tras lavarse la cara para que no se note que estuvo llorando, va a buscar a todo el mundo. Las habitaciones están desiertas. ¿Adónde se fueron? Probablemente se montaron en el carro y partieron hacia... hacia... el fuerte Ticonderoga, a pasársela de maravilla sin ella. ¡Pues qué bien! A decir verdad, le encantará tener un rato para sí misma.

Pero lo cierto es que cuando logras tomarte un tiempito para ti misma, es bueno saber que cuando termine, habrá seres queridos que se alegren de verte de vuelta y quieran oír lo que sea que vas a contar. Así que en lugar de subir las escaleras, revestida con un manto de dignidad, Victoria llama: —¿Papá? ¿Cari? ¿Essie? ¿Tía Lola?

Va de cuarto en cuarto, cada vez más preocupada. ¿Dónde pueden estar? Y luego oye claramente sus voces, desde el jardín de atrás. Qué felicidad verlos desde la ventana, reunidos, sanos y salvos. ¡Si hasta encendieron una fogata!

Pero tal vez por ser hija de su padre, su alegría está teñida con visos de preocupación. ¿Qué pasará si no la acogen de nuevo y no le queda otra salida que enclaustrarse en esa otra Victoria responsable, educada y dulce?

Con suerte, todo irá bien. Pero por si acaso, decide tomar su espada que está en el enorme florero que contiene los paraguas en el pasillo de entrada, pues allí la dejó cuando entró luego de su huida. Cada vez que ve ese nombre en la hoja, Vicky, desenfadado y saltarín, se dice que no es el suyo. Pero ahora que lo piensa, le queda perfecto. Victoria ha estado en busca de esa parte suya, su Vicky, durante años. Hoy, justo hoy, la encontró.

—¡Vamos! —dice en voz alta, blandiendo la espada como si estuviera encabezando una carga contra los opresores británicos. Necesita reunir valor para enfrentarse a las personas que la han querido como Victoria, y que ahora, como Vicky, la seguirán queriendo.

jueves

Las disparatadas expectativas de Esperanza

Esperanza Espada, conocida en inglés (y en broma) como Hope Sword, podrá no estar en Disney World, pero es como si desde el primer día de vacaciones hubiera estado en una montaña rusa, con todas sus subidas y bajadas.

Primero, estuvo muy abajo, pues la idea de ir a Vermont no la atraía. Pero al llegar, cuando tía Lola anunció su plan del campamento de verano, se llevó una sorpresa que le levantó el ánimo. La búsqueda del tesoro nocturna resultó ser bastante divertida. Luego Miguel se lastimó, y aunque Essie sabe que implicó un bajón para él, para ella fue como llegar a la cima. Pudo jugar béisbol y demostró ser tan buena como algunos del equipo, o tal vez mejor. Pero la excursión de ayer al fuerte Ticonderoga fue lo

106

máximo. ¿Quién se iba a imaginar que en el medio de la nada podía haber un lugar tan *cool* como Disney World?

Sin embargo, el problema de estar en el punto más alto es que inevitablemente sigue un descenso. Y eso es lo que parece que sucede este jueves por la mañana. Miguel se levanta ya curado del tobillo, deseoso de jugar. Incluso antes del desayuno, ya está afuera, bateando lanzamientos de Papá, atrapando bolas, lanzando. *Es mi papá*, quisiera dejarles en claro Essie a ambos.

Luego, durante el desayuno, Papá le pregunta a Victoria qué quiere hacer hoy. —Tal vez ver el entrenamiento de béisbol —contesta ella, con una vocecita menuda, como si le diera temor hablar fuerte, a pesar de que el día anterior no tuvo problema en hacerlo. Mientras tanto, a Papá ya lo comprometieron a ayudar en la práctica, más que nada con ejercicios intensivos para Miguel, para que así pueda ponerse al día con los demás. Con eso, solo quedan Essie, Juanita y Cari para participar en el campamento de tía Lola, y eso implica que las actividades de hoy tendrán que ser adecuadas para niñas pequeñas. ¿Qué tan divertido puede resultar eso para Essie? Será como hacer de niñera pero sin recibir la paga acostumbrada.

No hay otra manera de verlo: las expectativas de Essie para hoy se hacen añicos. Siente deseos de tomar su espada, supuestamente mágica, y partirla en dos para demostrar lo que piensa de los milagros. Lo que nadie sabe, ni siquiera Juanita porque ya se había quedado dormida cuando eso sucedió, es que la noche anterior, Essie deslizó su espada en secreto bajo la almohada y pidió tres deseos: el primero, que Miguel no pudiera jugar hoy, para así poderlo sustituir un día más. El segundo, que Miguel tampoco pudiera jugar el viernes. Y el tercero... es fácil de imaginar luego de los dos anteriores. Que Miguel tampoco pudiera jugar el sábado y Essie lo relevara para así ayudarles a ganar el gran partido.

Essie sabe que no podría hacer algo así de ser este un equipo oficial de la Liga Infantil. Pero los Muchachos de Charlie no es más que un grupo de niños del pueblo que querían seguir jugando béisbol después de la temporada de la Liga Infantil. Más aún, como algunos miembros del equipo pueden estar fuera porque sus familias viajan en el verano, no siempre tienen jugadores suplentes. El único con el que cuentan es Patrick, el peor de todos. De hecho, Essie ha estado practicando aparte con él, para enseñarle una que otra cosa. Todo lo que le pide a su espada es poder ser la segunda o tercera suplente. No es un milagro muy grande, ¡caramba! No está pidiendo ir a Disney World, o que su madre regrese, o que Cari deje de acaparar toda la atención, sino un chancecito de ser la jugadora estrella ante sus nuevos amigos de Vermont.

Aunque parezca increíble, Essie ha hecho amigos en este lugar que no tenía intenciones de que le gustara. Juanita, primero que todos. A pesar de que Essie se queje, hay ciertas ventajas en tener una amiga menor: Juanita casi siempre la deja tomar la iniciativa. También le caen bien los muchachos del equipo. Han sido amables, y cuando han dicho que Essie es una bateadora imbatible o una lanzadora magnífica nunca han agregado "para ser niña". También considera que Miguel es su amigo, a pesar de que pueda obstaculizar sus expectativas de seguir jugando. Admira la manera en que antepone su equipo a todo lo demás, algo que a ella le costaría mucho hacer. Además, es muy inteligente, pues pudo descifrar todas esas pistas de la búsqueda del tesoro. Y por encima de todos, a Essie le encanta tía Lola, porque es una especie de Mary Poppins que logra hacer que la actividad más aburrida del mundo se convierta en algo divertido.

A eso se debe que Essie no se hunda en la desesperación en esta mañana de jueves, aunque parezca que sus deseos no van a hacerse realidad. En efecto, tía Lola anuncia que el plan del día será ir en bicicleta al pueblo, a la piscina municipal, y pasar allí un par de horas para luego salir a almorzar al Café Amigos. En la tarde, visitarán a algunos de los amigos de tía Lola en el pueblo.

—¿Amigos? ¿Cómo quiénes? —pregunta Essie.

—Pues, como Estargazer —dice tía Lola sin poder pronunciar bien el nombre.

¡Qué bueno! Stargazer tiene una tienda genial.

—Y después iremos a visitar al coronel Charlebois que está enfermo, pobrecito —y tanto que ya faltó al entrenamiento de béisbol del día anterior—. El coronel se resfrió con todo este tiempo lluvioso, y se siente solo cuando no puede salir —eso lo entiende bien tía Lola. Antes de que empezara a enseñar español en la escuela de Miguel y Juanita, solía ponerse triste de estar encerrada todo el día en la casa sin más compañía—. Vamos a tomar té y galletas en su casa.

—¿Vive en esa casa que parece embrujada? —Cari pone cara de terror. Cada vez que van al pueblo, ella pide que pasen frente a esa casa, solo para tener cierta sensación de Halloween en medio del verano.

—Ay, Cari querida, no te preocupes. La casa está embrujada, pero solo con recuerdos —le asegura tía Lola—. El coronel Charlebois ha viajado por el mundo entero y tiene unas historias fabulosas para contar.

Eso podría ser divertido, piensa Essie. El coronel ha llevado una vida emocionante, según ha oído ella, participando en batallas de verdad y comportándose como un héroe. También ha amasado una fortuna considerable. Y Essie ha leído en libros —okey, no es tan buena lectora como Juanita—, que los ancianos caballeros solteros suelen dejarle su herencia a alguien. Ella sabe que al viejo le encanta el béisbol, y parecía muy impresionado con sus habilidades durante el entrenamiento del 4 de Julio. Así que puede ser que el coronel le herede un millón de dólares, para que así ella pueda comprar su propio equipo de béisbol y también un gran terreno en el cual construir su propio diamante, probablemente en Vermont.

Del bajón de sus expectativas frustradas, el ánimo de Essie ha dado un vuelco y va en ascenso. Al guardar su espada envuelta en su toalla de playa y meterla en su mochila, piensa que al fin y al cabo no la defraudó. A lo mejor le aguarda un destino mejor. —Cancela los deseos de anoche —le susurra, y luego le comunica a su espada qué es lo que verdaderamente desea.

***

Se alejan en bicicleta, Juanita en la suya y Cari en una vagoneta roja que va enganchada a la bicicleta de tía Lola, y Essie monta en la de Miguel. Con el traje de baño bajo la ropa y la espada asomándose fuera de su mochila, la mediana de las Espadas siente la emoción de la aventura. Quizá simplemente debería seguir y seguir en ese viaje, como una ciclista vagabunda, camino de Disney World en la Florida. Lo único que no sabe es cómo harán los abogados para avisarle que acaba de heredar un millón de dólares del coronel Charlebois. Eso la hace desear que Papá no fuera tan estricto, y le hubiera dado un celular.

Por el momento, Essie es feliz de tan solo estar en la piscina municipal. Nadar siempre es divertido, pero lo que lo hace tan especial hoy es que además está conociendo nuevos amigos. A lo mejor se debe a que viene de Nueva York, y eso la convierte en una especie de celebridad instantánea. En apenas una hora, ha hecho cuatro nuevos amigos, cuando entre sus compañeros de quinto curso en Queens tendría problemas para señalar a cuatro que pueda considerar amigos. No es que ella quiera ser antipática, pero tiene la tendencia a discutir mucho, y parece que a nadie le gusta eso. Sin embargo, aquí en Vermont no ha encontrado muchas razones para discutir.

Estar con tía Lola también ayuda. La gente se agrupa a su alrededor, aunque ella no hable mucho inglés. Muchos niños incluso tratan de hablarle en español, cosa que sorprende a Essie, pero sucede que tía Lola fue su profesora de español el año pasado.

Essie también conoce allí a las gemelas Prouty, que tienen caballos, y la invitan a montar cuando quiera. Hay un niño, Milton, del curso de Juanita, que le pregunta un montón de cosas sobre la ciudad pero después, cuando Essie se entera de que él vive en una granja, lo bombardea también con las suyas, y entre respuestas y preguntas no pueden dejar de hablar.

Una niña callada los escucha, como si fuera su público. Se llama Hannah, y resulta un poco chistoso que se llame igual que Hannah Montana, la estrella de cine y televisión, a pesar de ser tan tímida. Pero también sucede que los

112

padres les ponen nombre a sus hijos sin tener una idea muy clara de cómo será su bebé. No hay sino que ver su nombre, Esperanza, que incluso en su versión en inglés, Hope, le quedaría bien a una niña obediente y buena. ¡Y ella definitivamente no lo es! Si sus papás hubieran sabido cómo iba a ser ella, probablemente la habrían bautizado Contraria, pues Papá siempre la acusa de andar contrariando a todo el mundo, y no siempre es fácil llevarse bien con ella.

Después de la piscina, el grupo del campamento va al café. Rudy aún no ha salido camino del entrenamiento, así que almuerza con ellas. Como Victoria no está, Essie puede hacer todas las preguntas de béisbol que se le cruzan por la mente sin que nadie le llame la atención para que deje en paz a Rudy y le permita comer. Cari y Juanita se alegran de que Essie hable mientras ellas se comen todas las papas fritas. —¡Oigan, no es justo! —exclama ella y les da palmadas juguetonas en las manos. Cuando Essie sea millonaria, va a contratar a un chef especialista en papas fritas, pizza, macarrones con queso y postres con chocolate, y le dirá adiós para siempre a la pirámide alimenticia.

Después de almuerzo, caminan un poco por el pueblo. —Es bueno para la digestión —afirma tía Lola. ¡Y mejor aún para la digestión es la tienda de Stargazer! Allá pueden tocar todo, encender las chucherías, jugar con lo que quieran. A Stargazer parece no importarle, pues está demasiado ocupada hablando con tía Lola sobre sus auras, una especie de aureola de cuerpo entero que ella puede leer. Essie se pregunta si Stargazer podrá ver en la suya que habrá dinero en su futuro.

Camino de casa del coronel Charlebois, la mente de Essie no para de dar vueltas. Tendrá que fijarse bien en los cuartos de la casa, para así empezar a hacer planes para redecorarlos una vez que se mude a Vermont para ser una millonaria. ¡Un momento! ¿Y es que acaso quiere quedarse en Vermont? ¿Es esta la misma niña que hace una semana estaba segura de que ir una semana a Vermont equivalía a una especie de pena de muerte, y peor aún permanecer allí? A veces Essie está de acuerdo con una opinión generalizada de su familia: no siempre es cosa fácil estar con Essie. Pero si ellos creen que eso es difícil, debían pensar en lo que implica ser Essie y estar consigo misma todo el tiempo.

●●●

El coronel Charlebois las espera. Tiene una bandeja con un servicio de té ya preparado en una habitación que llama el salón.

—Siéntense y pónganse cómodas —les dice, señalando un círculo de asientos de espaldar recto y duro.

Pero esa invitación resulta más fácil de decir que de

114

hacer, pues los muebles resultan ser muy incómodos, y quedan sentadas como si estuvieran en posición militar de firmes. El aire adentro huele a humedad. La casa no está embrujada, y Cari no tiene que mirar a todos lados con ojos asustados, pero sí es oscura y triste y sombría. Una casa que nunca siente dentro las risas de niños ni sus gritos, ni perros que ladran, ni el olor de las papas al freírse o de un bizcocho en el horno.

La atmósfera afecta a Essie de una forma inesperada. Ahora lo que quiere es que el coronel Charlebois la adopte para poder vivir en la casa, abrir las ventanas y pintar las paredes de colores brillantes y reemplazar los muebles con pufs y sofás mullidos en los que uno pueda tumbarse para ver la tele en una pantalla enorme. Eso sería lo primero que ella compraría, pues le parece que la pequeña que está en el rincón ni siquiera debe tener control remoto. Pero lo principal sería que Essie se sentaría con este anciano de apariencia tan triste, igual que ahora, y le haría un montón de preguntas de cuando viajaba por todo el mundo y sobre cómo hizo para llegar a ser un héroe.

—Eso fue hace mucho tiempo —responde al principio el coronel para evadir las preguntas. Sus manos tiemblan tanto que las tazas traquetean cuando las levanta para servir el té. Tía Lola interviene con mucho tacto: —Permítame, coronel, para que así pueda seguir conversando tranquilo.

—Pero si hablo, las voy a aburrir como ostras, y no

volverán a visitarme. Adelante, coman galletitas —y su manera de hablar es tan autoritaria, que a nadie se le ocurriría contradecirlo.

A nadie, excepto a Essie. —Si nos pareciera que nos vamos a aburrir como ostras no estaríamos preguntándole, ¿cierto?

El coronel queda boquiabierto. Essie alcanza a oír el clic de su caja de dientes. Y luego se ríe tan fuerte que termina en un ataque de tos espantoso.

—Ya veo que no solo en béisbol golpeas lo que te lancen —dice una vez recuperado. Tiene chispas en los ojos y una sonrisa se dibuja en sus delgados labios. Incluso con esa terrible tos y su grueso chaleco de lana en pleno verano, Essie se da cuenta de que el señor se siente mucho mejor ahora, con la compañía.

Así que el coronel se lanza en la remembranza, y lleva consigo a tres niñas embelesadas y a tía Lola encantada. El salón se transforma en un bosque en Corea, o en un templo japonés, en el desierto del Sahara, en aguas infestadas de tiburones frente a las costas de la India, en el ancho mar donde merodean los barcos piratas en busca de naves amigas, y los submarinos se deslizan por los abismos oscuros a los cuales la luz del sol nunca llega. Ahora es Essie la que queda boquiabierta de tanta maravilla.

A petición de Cari, el coronel les muestra la casa. Van a terminar en el ático, donde en un clóset se guardan viejos uniformes militares olorosos a naftalina, que cuelgan en fila de sus ganchos, y también hay cajas repletas de recuerdos varios y un manojo de medallas. Además hay una máscara de dragón china, una canasta de encantador de serpientes de la India, y una espada ceremonial que se guarda en una vaina muy decorada con una borla, que le regaló un oficial japonés en cuya familia hubo guerreros samurái.

—¡Increíble! —dice Essie—. ¡Es como otra Excálibur!

—¿Qué es una excálipu?

Essie suspira de impaciencia. —A ver, Excálibur es la espada más famosa de la historia. Pertenecía al rey Arturo.

Cari tampoco sabe quién es el rey Arturo, pero no se arriesga a hacerle otra pregunta a Essie para que no la haga sentir más tonta.

—¿Entonces, puedo sostenerla? —pregunta Essie casi sin voz.

—Por supuesto —contesta el coronel, sacando la hermosa espada de su vaina. Essie posa como guerrera, y el coronel ríe—. A propósito, ¿estoy equivocado o me pareció ver que de tu mochila se asomaba una espada?

Essie está tan hipnotizada con la espada que por una vez no contesta de inmediato.

—Todos tenemos una —Juanita ha estado tratando de meter la cuchara desde que llegaron—. Tía Lola nos las dio.

—Se supone que son mágicas y nos sirven para... para

vencer un... —Cari no logra recordar la palabra que usó Papá. ¿Era receptáculos?

—Para ayudar a vencer un obstáculo —explica tía Lola—. Como cuando tú necesitaste más valor, Cari, o cuando Juanita necesitaba sentir que seguía siendo especial.

—Pues si esas espadas sirven para todo eso, deben ser muy valiosas —dice el coronel impresionado—. Esta solo sirve para matar y saquear.

Essie finalmente les cede la espada a Cari y a Juanita para que también la sostengan y se imaginen como samuráis. La tarde avanza hacia la noche. Para cuando deciden despedirse, ya pasó la hora razonable de volver a casa en bicicleta.

El coronel propone un plan. —¿Qué tal si yo las llevo y luego, mañana, las recojo y vienen para llevarse sus bicicletas? Así me hacen una segunda visita.

—Pero su catarro, coronel —le recuerda tía Lola. No debería salir con el aire húmedo de la noche.

—¡Tonterías! ¡Jamás en toda mi vida me había sentido tan bien! —contesta él con brusquedad—. Si acabo de pasar una de las tardes más entretenidas de mi vida, y no me importaría repetirla. Ahora, mientras más rápido nos montemos al carro, más pronto las dejaré en casa —es como si siguiera en el ejército, dando órdenes. Al verlo, Essie se pregunta a quién le recuerda. Y de repente lo sabe: ¡a sí misma!

Al poco tiempo la espera otra sorpresa agradable. Ha estado con la expectativa de montar en el carro del coronel, un precioso vehículo plateado, tan grande que parece un tanque de guerra. El adorno que lleva en el bonete es una figurita de bateador, plateada, de cuando formaba parte de un equipo de béisbol en Panamá, llamado los Dorados. Obtuvieron tantos trofeos que cada uno de los integrantes pudo llevarse uno. El coronel puso el suyo en su nuevo Cadillac Eldorado, que compró precisamente porque tenía un nombre similar al de su equipo. Esa tarde le habían oído el relato de cuando estuvo de puesto en Panamá, donde había aprendido lo que sabía de español.

Como todo un caballero, el coronel Charlebois insiste en sostener la puerta del carro abierta mientras cada una se montaba. Pero antes de subirse, recuerda algo que debe buscar en la casa. Lo que quiera que sea, va a parar al maletero, y luego el coronel se sube y enciende el motor, que suena un poco como si tuviera su propio ataque de tos. Y ahí van, con el coronel narrando algún juego de campeonato en Panamá en el que le tocó batear con las bases llenas. —¿Alguna vez has cruzado la frontera? —le pregunta a Essie.

—Estaba pensando en irme en bicicleta hasta la Florida —confiesa Essie.

El coronel siente curiosidad, así que Essie le explica en mayor detalle sus planes de irse como vagabunda, y dejar de asistir a la escuela, para poder ir a Disney World, ya que los boletos de avión para toda su familia son demasiado caros. El coronel la escucha atentamente, como si las historias de Essie le fascinaran tanto como las suyas deslumbran a la niña.

—¿Y qué te hizo cambiar de idea?

¿Cómo va a decirle Essie que esperaba que él le dejara en herencia un millón de dólares? ¿O que, como ella iba camino de la Florida sin un celular, temía que los abogados no pudieran localizarla para darle la noticia? Lo último que quiere es herir al coronel al hablarle de algo tan poco delicado como la muerte. Podría pensar que solo quería visitarlo y oír sus historias porque tenía la mirada puesta en su dinero. Por segunda vez esa tarde, Essie no tiene mucho qué decir.

—Supongo que cambié de idea al pensar que iba a extrañar mucho a mi familia —y, una vez que lo dice, se da cuenta de que es la verdad.

—Sabia decisión —dice el coronel tras sopesarla—. Ojalá yo hubiera actuado igual unas cuantas veces. Pero ya no hay nada que hacer. Durante la vida te vas haciendo la cama en la que luego tienes que dormir —remata, aludiendo a un refrán en inglés.

—¡Pero nunca es tarde para conseguir un colchón más blando o cambiar a una cama más amplia! —le recuerda tía Lola riendo.

Llegan a la casa, que se ve envuelta en esa bruma suave de las claras noches de verano. El coronel acepta quedarse a cenar. Para cuando va de salida, ya ha oscurecido por completo. Le pregunta a Essie si no le importaría acompañarlo hasta el carro, pues tiene algo para ella en el baúl.

El corazón de Essie se alborota. Va a recibir un regalo del coronel Charlebois, ¡sin necesidad de que el señor se muera primero!

El coronel abre el baúl y cuando Essie lo ilumina con su linterna de buscar tesoros en la noche, a duras penas puede creer lo que ve. Allí está la espada samurái con su ornamentada vaina. —¿Es para mí? —ahoga un grito. Pero un instante más tarde el corazón se le parte. Papá jamás la dejará aceptar este regalo tan valioso. Pensará que Essie, por ser como es, debe haber dado a entender que bien podría usar una espada samurái en las peligrosas calles de Nueva York.

—No puedo aceptarla —admite con tristeza—. Papá me obligará a devolverla. Pensará que he hecho algo para que usted se sienta comprometido a regalármela.

—Entonces no diremos que es un regalo —sugiere el coronel.

Essie siente que el cielo de las posibilidades se despeja de nubes. Así como el carrito de una montaña rusa sube despacio, con esfuerzo, y uno sabe que al llegar al punto más alto empezará a bajar en picada, y que también después vendrá otra subida en la maravillosa arcada de la montaña rusa. Se necesita la bajada para así lograr que la subida sea tan emocionante.

—Digamos que es un trueque.

¿Un trueque? Pero Essie no tiene nada especial para darle al coronel a cambio de una espada samurái genuina.

—¿No dijiste que tenías una espada mágica?

—Pero en realidad no... Es apenas una espada de plástico...

El coronel niega con un gesto. —Si tía Lola dice que la espada es mágica, eso ya es garantía suficiente para mí. Dios sabe que tengo un montón de retos con los cuales me vendría bien algo de ayuda, como este catarro. Entonces, ¿qué dices? ¿Hacemos el intercambio o no?

¿Esto podrá estar sucediendo de verdad?, se pregunta Essie mientras entra a toda prisa a la casa para sacar la espada de su mochila. Antes de entregarla, le dice: —Gracias, espada, por concederme mi deseo.

No habrá heredado un millón de dólares ni habrá podido jugar béisbol en sustitución de Miguel, pero ahora es la orgullosa dueña de una espada samurái. Y además pasó un día magnífico e hizo varios amigos. Haciendo honor a su nombre, Esperanza tiene todo lo que podría llegar a desear.

jueves en la noche y viernes

El monstruo de los errores de Mami

Ha sido otra noche llena de actividad: cena con el coronel Charlebois, y fogata con canciones y *marshmallows* asados. Los niños y tía Lola ya se han ido a la cama.

Mami y Víctor siguen levantados, en la terraza, y las luces de las habitaciones del piso de arriba los iluminan un poco. Es su última oportunidad de hablar en privado antes de que lleguen más visitas mañana.

Papi y Carmen y Abuelito y Abuelita se van a quedar en la casa. Mami terminó por organizarlo, para que así todos estuvieran contentos. Papi dormirá en el sofá-cama del cuarto de estar, y las niñas se apiñarán todas en la habitación

123

de Juanita, para dejar libre el cuarto de huéspedes para los abuelitos. Carmen está encantada de compartir cuarto con tía Lola. Serán un par de días muy agitados, con el gran juego y las visitas, y luego todos se irán el domingo.

A lo mejor es por eso que Victoria decidió sentarse junto a la ventana, un poco melancólica de pensar en la partida. Había pedido el deseo al ver una estrella fugaz y había besado su espada varias veces en busca de buena suerte. ¿Qué más puede hacer al respecto? Desde el fondo de su corazón quisiera que su papá decidiera trasladar a la familia a Vermont. Pero cada vez que las Espadas han puesto el tema sobre la mesa, Papá responde: —No depende solo de mí, ya lo saben.

En la terraza, bajo la ventana de Victoria, se desarrolla una interesante conversación. A ella jamás se le ocurriría espiarla, pero de repente oye las palabras mágicas "mudarse a Vermont". Hace callar a Cari y Juanita y Essie que están alborotando en el cuarto, y todas se abalanzan a la ventana, para averiguar qué es lo que acaparó la atención de la mayor de las Espadas.

—Es que creo que debemos dejar esa idea de la mudanza a Vermont en suspenso por ahora —dice Linda. Ella y Víctor se conocieron hace apenas tres meses. Desde entonces, ha sido un torbellino de llamadas telefónicas, una visita anterior de Víctor, y ahora esta otra, con sus niñas—. Me preocupa un poco que todo esto vaya demasiado rápido

para los niños. Un divorcio. Luego, su papá se compro-
mete. Y para tus niñas también. Es un gran cambio mudarse
de Nueva York a Vermont, y han pasado por muchas cosas
en los últimos años —Mami suspira como si ella también
perdiera el aliento con todo lo que ha sucedido—. Creo
que todos necesitamos ir un poco más despacio.

—Pero es que no quiero que las cosas vayan más despacio —dice Papá con voz triste, como si Linda acabara de
sentenciarlo a muerte—. No entiendo. Me parece que los
niños están tomándolo muy bien. ¿Estás segura de que no
eres tú la que tiene dudas?

—¡No, para nada! —contesta Linda con tal vehemen-
cia que Victoria siente alivio.

Su padre también debe estar aliviado. Toma la mano
de Linda. —¿Y esto qué es? —pregunta, levantándole la
mano hacia la luz. Linda tiene agarrada la espada de tía
Lola como si en eso se le fuera la vida.

—Necesitaba algo de ayuda para hablar contigo
—admite Linda, y trata de no darle mucha importancia.

—No te preocupes, por favor —dice Papá—. No me
mudaría aquí si no creyera que es lo mejor para todos los
involucrados. Y prometo no presionarte. Esperaré todo el
tiempo que necesites. Solo te pido un favorcito.

—¿Qué favor?

—Quiero que uses tu espada mágica para matar al
monstruo.

125

Essie y Juanita no pueden evitar reírse. Victoria las calla con una mirada, pero tiene que reconocer que es chistoso oír a su papá, un abogado muy racional, hablar de matar monstruos. También es gracioso oírlo decirle a alguien que no se preocupe. Su papá, ¡experto en preocuparse! A lo mejor hay algo en el agua de Vermont que ha provocado este cambio maravilloso en él.

—¿Y cuál es ese monstruo que quieres que mate? —pregunta Linda.

—El monstruo de los errores. Luego de que algo no sale bien, a veces nos asusta volver a intentarlo —Papá puede ser muy sabio a veces—. Quizás estás un poco asustada de enamorarte de nuevo. Pero tienes que vencer a ese monstruo. Y los niños seguirán el camino que les marques, estoy seguro. De hecho, puede ser que te ayuden a acabar con el monstruo si les pides ayuda.

Essie tiene la cabeza casi del todo hundida entre los hombros por el esfuerzo de contener la risa. Codea a Juanita, que está ahogando las carcajadas, quien a su vez codea a Cari. Pero a Cari nada de esto le parece divertido. Con toda esta charla sobre monstruos se ha ido asustando cada vez más. —No entiendo —le susurra a Victoria al oído.

—Después te explico —le contesta ella, en susurros.

—¿Es un monstruo de verdad?

Victoria niega con la cabeza, pero su hermanita sigue petrificada de terror, así que Victoria la manda a ella y al par de risueñas a cumplir una misión antes de que lo arruinen todo. —Suban al ático y traigan a tía Lola y a Miguel. Tenemos que hacer una reunión de emergencia, ¡pronto!

—Ay, Linda, lo siento mucho —se disculpa Víctor—. No debería apurarte, por más que quiera que lo hagas. Cada corazón tiene su propio ritmo. Te propongo lo siguiente: piénsalo durante los próximos dos días. Si el domingo sigues opinando lo mismo, respetaré tu decisión. Iremos más despacio y dejaremos la mudanza a Vermont en suspenso por un tiempo. Un año, dos, lo que sea necesario. Pero... —Víctor le toma la mano, con espada y todo—, quiero que nos des una oportunidad de verdad.

Papá toma la espada de Linda y empieza a blandirla contra el aire.

—¿Qué haces?

—Es un poco de calentamiento para acabar con el monstruo de los errores —bromea.

—¿Crees que esta espada de plástico será capaz de semejante cosa? —dice Mami divertida, pero también con una sombra de duda.

—Si no sirve, ya sé a quién puedo pedirle una auténtica espada de guerrero samurái.

Ambos estallan en carcajadas. —¡Shhhh! —lo calla Mami—. Los niños están durmiendo.

¿En serio? Los niños están todos reunidos en el cuarto de Juanita, en una reunión urgente. Victoria les hace un resumen de la situación a tía Lola y Miguel, y añade información sobre el plazo límite del domingo.

—¡Qué injusticia! —Essie está fuera de sí—. Primero, no podemos ir a Disney World. Ahora resulta que no nos vamos a mudar a Vermont —su lado pesimista ha vuelto a manifestarse. No ve el vaso medio lleno, sino casi vacío. El trayecto en la montaña rusa jamás volverá a subir.

Su hermana grande no se rinde tan fácilmente. —Anda, Essie, tenemos hasta el domingo.

¡Pero eso quiere decir apenas dos días! —Entonces, ¿qué propones? —pregunta Essie, contra toda esperanza de que a alguien se le ocurra una solución.

—¡Tengo una idea! ¡Tengo una idea! —tercia Juanita. Explica que esa tarde, en la tienda de Stargazer, compró un anillo que indica el estado de ánimo. Ya se los presumió a Cari y a Essie y a tía Lola—. Uno se lo pone, y la piedra cambia de color según sus sentimientos más profundos y secretos. ¿Ven que ahora está un poco rojo? —pregunta, desplegando el papelito que venía con el anillo. ¡Ay, no! El rojo significa ansiedad y tensión. En realidad, tiene sentido, puesto que Juanita está preocupada por Mami. Si la piedra se pusiera violeta, indicaría romance, pasión, matrimonio—. ¿Qué tal si hacemos que Mami se lo ponga mañana? Así podríamos ver a la hora de la cena si está enamorada. ¿Qué opinan?

Miguel piensa que es la cosa más descabellada que ha oído en su vida. ¿Acaso Mami no debe saber si ama o no a alguien?

—Pero a lo mejor tu mami no está segura de querer a Papá tanto como él a ella, ¿no crees? —aventura Victoria. Lo último que quisiera en el mundo es que su padre resultara herido—. Y también sería terrible que tu madre saliera lastimada —añade. Qué dulce es Victoria, no quiere que nadie sea infeliz. Y en eso ella no cambiará con la edad.

—¿Y cómo van a conseguir que Mami se ponga el anillo? —pregunta Miguel. Están todas tan entusiasmadas con la idea que pasan por alto ese pequeño detalle logístico.

Tras considerarlo unos momentos, las niñas se vuelven hacia tía Lola. —Por favor, por favor, tía Lola —le ruegan—. Eres nuestra única esperanza —y se agarran las manos como damiselas afligidas.

Tía Lola niega con la cabeza y repite: —Todo saldrá bien, créanme —pero al final no logra resistirse a las damitas afligidas—. Está bien. Haré que se lo ponga —toma el anillo y se lo desliza en un dedo. Al instante, la piedra cambia de color y brilla como oro puro.

—¿Y eso qué quiere decir? —pregunta Juanita revisando el papelito de instrucciones. Pero el dorado no aparece en la lista de colores.

—¡Tía Lola, estás fuera de cualquier clasificación! —afirma Victoria.

129

Por alguna razón, este comentario les resulta divertidísimo a todos, y estallan en carcajadas.

—No todo lo que brilla es oro. A veces puede ser tía Lola —bromea Essie, recordando la pista rimada de la búsqueda del tesoro aquella primera noche en Vermont.

Más carcajadas.

—¿Qué está pasando allá arriba? —pregunta Mami desde la terraza, abajo, y eso hace que la risa sea aún más ruidosa.

●●●

Para cuando se reúnen todos a desayunar, a la mañana siguiente, Mami lleva puesto el anillo. Tratan de no mirar fijamente, pero cada vez que sus ojos se cruzan, no pueden evitar la complicidad. Hay varios ataques de risitas mientras se comen los *waffles*.

—¿Cómo lo conseguiste? —le preguntan las niñas a tía Lola una vez que se reúnen en el cuarto vecino. Están empacando sus trajes de baño y las toallas para la salida de campamento de hoy: una excursión al lago Champlain, un picnic, y luego regresan para la práctica de la tarde y después la llegada de las visitas de la ciudad.

—Le dije que era un anillo que detectaba el estado de ánimo y que podría servirle para aclarar sus sentimientos.

¿Eso fue todo? ¿No hubo necesidad de más explicaciones? Pero claro, ¡es que tía Lola tiene poderes de convencimiento, hasta en la forma de sonreír!

Mami accedió a llevar el anillo, de manera que si la piedra se vuelve violeta o al menos azul (que indica felicidad) o verde (que significa calma), se dará cuenta de que en realidad está enamorada. El monstruo de los errores de Mami habrá sido derrotado, las Espadas podrán mudarse a Vermont y todos disfrutarán del resto del verano, y de las maravillosas aventuras que a tía Lola se le puedan ocurrir.

■■■

Camino del lago Champlain, la *van* viaja abarrotada, con ocho personas y sus espadas, dos canastas de picnic grandes y, tras una breve discusión, un perro. Mami dice que no soporta la idea de dejar a Valentino.

—¿Y qué vas a hacer cuando nos vayamos el domingo? —Essie no tiene pelos en la lengua. Miguel no lo puede creer: esta niña tiene una boca más grande que la de Juanita. Aunque él también tiene que confesar que va a echar de menos a Valentino, y los entrenamientos con Víctor, cuando los Espada se vayan el domingo.

—Supongo que se me va a romper el corazón —dice Mami, siguiendo la broma.

—Bueno, no queremos que luego se nos acuse de asesinato —continúa Essie—. Así que solo nos queda que ustedes se muden a Queens, o nosotros a Vermont —ahí está, sin rodeos, la decisión que tiene que tomar Mami—. Y no creo que Queens les guste mucho. Hay muchas drogas y crímenes allá —Essie no está muy segura de lo anterior, pero sí sabe que son las primeras cosas que preocupan a un papá o una mamá de un vecindario: crímenes y drogas.

Víctor la mira por el espejo retrovisor y le lanza un guiño a su hija, por valerosa.

—¿Y esto que es? ¿Una conspiración? —pregunta Mami, mirando a Víctor con los ojos entrecerrados, como quien sospecha, pero a la vez se ríe.

—Me encanta Vermont —interviene Cari—. No me da miedo, como Queens.

—Me encanta Vermont. Me encanta Vermont —sus hermanas repiten la cantinela.

Desde la parte de atrás, Valentino les hace coro con una serie de ladridos que claramente indican que a él también le encanta Vermont.

❊❊❊

Luego de una mañana de nadar en el lago, están muertos de hambre. Buscan una mesa para picnic y se sientan, cuatro de cada lado, Mami y Víctor juntos.

Victoria va de prisa junto a Mami, para revisar "ya sabemos qué". Pero las manos de Mami están tan atareadas

132

desempacando el picnic, abriendo recipientes, sacando sándwiches de sus envolturas, que a Victoria le va a dar un calambre por el esfuerzo de fijar la vista en ellas. Al fin, Mami posa su mano izquierda en su servilleta. ¡Lleva puesto el anillo en el mismo dedo en que se lleva la alianza de matrimonio! Si eso no es significativo, Victoria no sabe qué más podrá serlo.

—¿De qué color está? ¿Qué color? —insiste Essie en voz baja desde el otro lado de la mesa.

Victoria busca a su alrededor algo que sea del mismo color que la piedra del anillo. Luego de un rato, ve el paño de cocina verde que se usó para cubrir una de las cestas de picnic. De manera bastante evidente se lo lleva a la boca, cual si fuera servilleta, y todos se empiezan a reír.

Mami sigue la mirada de los risueños. Victoria de repente se da cuenta de que Mami le tiene los ojos encima, y rápidamente, para disimular su señal, se limpia toda la cara con el paño de cocina. Y las risitas se transforman en carcajadas.

Para entonces, Mami sospecha de todo. —¿Qué es lo que está pasando aquí? —le pregunta a la mesa entera, aunque en realidad a quien mira es a Víctor.

—A mí no me mires —responde Víctor, encogiéndose de hombros y riendo. Está igual que ella, sin la menor idea de lo que sucede. Pero también le agrada ver que los niños están pasando un buen rato juntos, y espera que Linda lo note.

—No pasa nada, nada más que estamos muy muy muy contentos —dice Juanita, recalcándolo—, ¿cierto, Miguel?

Como de costumbre, su hermana está a punto de echar todo a perder con su falta de tacto, pero Mami está a la espera de su respuesta, así que Miguel tiene que reconocer que está "muy muy muy contento". —Estoy fuera de clasificación en felicidad —dice divertido.

Las niñas estallan en risas, que ahogan los ladridos de Valentino.

●●●

Al regreso, pasan por el pueblo para dejar a tía Lola, a Juanita y a las Espadas menores donde el coronel Charlebois. Luego de otra visita de té y galletas y relatos, volverán a casa en bicicleta.

¡Pero qué sorpresa cuando se detienen frente a la casa! Hay un anuncio de "Se renta" plantado en el jardín delantero. Mami y tía Lola se bajan a toda prisa de la *van* en cuanto frena del todo. ¿Le pasaría algo al coronel? Si no, ¿por qué otra razón iba a estar la casa en renta? Llaman al timbre una y otra vez.

—¿Qué diablos...? —el coronel abre la puerta y se ve ante una muchedumbre de adultos y niños y un perro que ladra, todos alarmados por el anuncio—. Claro que no me voy a ninguna parte —les informa—. Solo que ayer, después de tan amable compañía, me quedé pensando que no quiero seguir viviendo solo en esta enorme casa. Así que estoy buscando a una familia que se venga a vivir conmigo.

Essie está completamente perpleja. Quisiera gritar "¡La tomamos ya!" como si estuviera en una subasta, temerosa de que alguien más le ganara en la puja. Mira a su papá con unos ojos que rivalizan con los de Valentino cuando pide comida en la mesa.

Papá le hace un guiño. —¿Cuántas habitaciones tiene su casa, coronel? —le pregunta.

—¿Cuántas necesitas? —replica el anciano.

Essie sabe. Ayer las contó. Además de la habitación del coronel en el primer piso, hay tres más en el segundo y varias más pequeñas en el ático. Podrían mudarse a esa casa y habría cuartos suficientes para que cada quien tuviera el suyo, incluso Valentino.

Mami escucha en silencio mientras el coronel enumera los detalles de la casa. Cuando llega el momento de irse, Víctor y Miguel caminan de vuelta a la *van*, tras ellos sigue Mami, que rodea cariñosamente la cintura de Victoria con su brazo. Y en ese momento, Juanita puede ver con claridad la piedra del anillo, que irradia un azul muy muy muy feliz.

Para cuando las ciclistas llegan a casa, un carro con placas de Nueva York está estacionado en la entrada. Abuelito y Abuelita y Carmen están tomando limonada en la terraza de atrás con Mami. Papi está en el campo, viendo el final de las prácticas del equipo.

Juanita corre a lanzarse a los brazos de sus abuelos, e intercambian besitos y abrazos. —Hemos estado de campamento de verano toda la semana —empieza. Y está a punto de comenzar el reporte completo, cuando recuerda que debe cuidar sus modales. Debe presentarles a las dos Espadas menores a sus abuelos. Claro que Carmen ya conoce a las niñas, puesto que trabaja con su padre y es amiga de la familia. De hecho, las Espadas la llaman tía Carmen, aunque en realidad no sea tía suya.

Las tres niñas empiezan a hablar a la vez sobre las emocionantes aventuras del campamento de tía Lola. Las visitas no lo pueden creer. ¿Cómo pueden caber tanta diversión en apenas una semana?

Cuando terminan su relato, Carmen comenta: —Parece que ustedes están encantadas con Vermont, ¿o no, niñas? —Cari y Essie asienten enfáticamente.

—Nos encanta Vermont, mucho, mucho —se explaya Cari—. Hasta puede ser que nos mudemos aquí, si el anillo se pone violeta, que quiere decir que está enamorada de Papá —y señala a Mami.

La cara de Mami es una mezcla de sorpresa y vergüenza. —¡Conque eso es lo que sucede! ¡Ya entiendo por qué se la pasan mirando mi anillo como si fuera una bola de cristal! —y ahora es su turno de observarlo. Baja la vista hacia su mano, y sonríe con lo que ve.

✸✸✸

Después de la cena, las niñas se encierran en el cuarto de Juanita para dibujar las pancartas para el juego de mañana. Ya que no pueden ser porristas de verdad, al menos pueden sacar estos carteles para animar a los Muchachos de Charlie.

Miguel va subiendo las escaleras para dejar listo todo su equipo para la mañana siguiente. A las ocho en punto, el equipo deberá reunirse en el campo de béisbol del pueblo, donde tendrá lugar el partido. La puerta de Juanita se abre, y Essie se asoma y le hace gestos exagerados a Miguel para que se acerque, ahora que no hay moros en la costa.

—¡Cari echó todo a perder! —le dice Essie. Ya le contó a Victoria. Todos sus esfuerzos se frustraron.

—Yo no tenía esa intención —dice Cari, a punto de echarse a llorar. A veces se le olvida que hay cosas que son secretos, y las cuenta porque le encanta compartir.

—A lo mejor no estuvo mal —anota Victoria, en parte para hacer que su hermanita no se sienta tan mal—. Además, acabo de ayudarle a su mami a recoger los platos de la cena, y sigue llevando el anillo. Así que aunque sepa que la estamos observando, no se lo ha quitado.

—¿Viste qué color tenía? —pregunta Juanita. Ya reportó que la piedra se había vuelto azul en casa del coronel. Y el paso de verde (calma) a azul (felicidad) es ya un progreso.

—Todavía estaba azul —tiene que admitir Victoria—, pero de un tono muy raro, como el del cielo cuando va a salir el arcoíris —tiene los arcoíris en la mente, pues en su pancarta dibujó uno que se curva sobre un campo de béisbol, y una pelota vuela arriba muy arriba. Además lleva la leyenda: "Muchachos de Charlie: ¡A batear por encima del arcoíris!"

—¡Está padrísimo! —dice Essie, y la obra de arte de una de sus hermanas la distrae momentáneamente de la tragedia que produjo el exceso de palabras de su otra hermana—. El mío no tiene gracia —ahí está de nuevo, el vaso medio vacío. Pobre Essie, tan pesimista. Y eso no va a cambiar en ella cuando crezca.

—Me encanta tu pancarta —protesta Juanita—. No creo que no tenga gracia, ¡para nada! —de hecho, la pancarta de Essie es todo lo contrario: sangrienta. "¡Acaben con las Panteras!", se lee en letras goteantes que chorrean sobre un charco rojo. Es probable que a Essie no le permitan mostrarla durante el juego. Los entrenadores siempre hacen un breve discurso sobre el sano espíritu deportivo. Qué raro que a Juanita le guste la sangrienta pancarta de Essie, ya que la suya es lo que Miguel llamaría acaramelada y melosa. Hay dos líneas, y en el centro un enorme corazón rojo. En la línea de arriba dice "Nosotros" y en la de abajo "los Muchachos de Charlie". En todo el borde, Cari dibujó corazoncitos rojos, pues Juanita la invitó a participar en su pancarta.

Se oye un golpe en la puerta que los sobresalta a todos. Essie se acerca de puntillas y abre cuidadosamente la puerta. —¡Ah, tía Lola! —dice aliviada, y la deja entrar.

Tía Lola tiene cara de que trae un secreto por contar. —Vengo a darles noticias —y extiende la mano derecha. En el centro de la palma está el anillo—. Se lo quitó.

—¿Pero por qué? —pregunta Essie con una voz que más parece un lamento.

—Dice que ya sabe lo que siente. Que no le hace falta un anillo para confirmarlo.

Miguel podría agregar "Se los dije", pero él, al igual que las Espadas y que su hermana, quiere saber qué está sintiendo Mami.

—¿Y entonces? —Essie pregunta, preparándose para lo peor.

Tía Lola niega. —No me quiso decir lo que sentía.

Las niñas refunfuñan. Hasta Miguel se ve frustrado. A pesar de que no creía en el plan del anillo, se ha dejado llevar por el entusiasmo de las niñas.

Y justo en ese momento se oye otro golpe inesperado en la puerta. La habitación queda en absoluto silencio. —Sé que están ahí —dice Mami—. ¿Puedo entrar? —pregunta, abriendo la puerta. En la mano tiene su espada, como si hubiera subido al piso de arriba para cortarles la cabeza por hacer tanto ruido.

—Estábamos ejem... Estábamos terminando las pancartas, ejem... —titubea Victoria, sin saber qué decir. Bien podría tomar uno de los marcadores y escribirse "mentirosa" en la frente.

Pero Mami está demasiado concentrada en su misión para fijarse en eso. —¿Podrían prestarme el marcador rojo, si ya terminaron de usarlo? —pregunta, sosteniendo su espada.

Victoria queda aliviada de saber que Linda subió nada más por eso. —Claro —responde, entregándole el marcador.

Pero por supuesto que Essie siente demasiada curiosidad como para dejar las cosas así. —¿Para qué lo quieres?

—Para pintar algo en mi espada.

—¿Pintarle qué? —ay, Essie, déjala ya.

—Un poco de sangre —dice Mami alegremente. Y luego, al ver que todos quedan perplejos, añade—: Sangre, como si hubiera matado un monstruo —y abanica la espada en el aire. Después, desaparece tan misteriosamente como había llegado.

●●●

Todos se van a la cama temprano esta noche. Los recién llegados están exhaustos por el largo viaje. Mañana será un día emocionante y lleno de actividad, especialmente para Miguel.

Tal vez por eso Mami sube a su cuarto esta noche. Miguel ya no necesita que lo acuesten y lo tapen, está muy grande para eso. Pero Mami tiene algo especial para decirle. —Pase lo que pase, mi'jo, quiero que sepas que me siento orgullosa de ti. Te portaste muy bien con lo del tobillo lesionado, fuiste tan generoso con Essie. Y según me cuenta Víctor, ahora estás jugando mejor que nunca. Ya eres un ganador.

Miguel quisiera ser tan bueno como Mami para expresar sus sentimientos. Pero su mamá parece saber cómo se siente de solo mirarlo a los ojos: te quiero. Quiero a Papi. Quiero que ambos sean felices.

Por la manera en que se inclina y le besa la frente, Miguel sabe que está contenta. Algo en la forma en que sale sin hacer ruido del cuarto, baja las escaleras y les da las buenas noches a las niñas, tirándoles besos que luego le llegan a Miguel por los conductos de la calefacción para acariciar su soñolienta cara, le indica que está enamorada. Su monstruo de los errores descansa en paz. En su espada mágica no solo pintó rastros de sangre, sino también un enorme corazón rojo y luego el nombre de Víctor.

Nueve

sábado

El gran juego de Miguel

Miguel se despierta sin saber si en realidad se despertó o si está levantándose luego de haber estado despierto toda la noche. Parece que no hubiera dormido ni un instante, y que se pasó la noche jugando béisbol en su imaginación. Eso no es bueno. Especialmente cuando hoy tiene que enfrentarse en un partido de verdad contra las Panteras de Panton.

Espera que el entusiasmo le permita dejar atrás el cansancio y que lo lleve más allá de la parte baja de la sexta entrada. Se viste y baja a desayunar. A su alrededor, la casa está silenciosa y envuelta en sueño.

En la cocina ya hay dos personas levantadas, tía Lola y Víctor, y quieren saber si Miguel está listo para el gran juego.

Antes de que pregunten, ya saben la respuesta por la cara que trae Miguel. Tuvo una noche difícil, se la pasó ponchándose, llenando bases y dejando caer bolas. Es como si alguien hubiera querido hacer un video sobre todos los errores posibles en béisbol y hubiera contratado a Miguel para demostrarlos.

—Ven acá y siéntate, capitán —dice Víctor señalando el espacio junto a él en el pequeño desayunador que hay en la cocina. Parece entender lo que sucede y no presiona a Miguel con un montón de preguntas.

El inesperado timbre del teléfono los sobresalta a todos. Tía Lola se apresura a contestar antes de que el tercer timbrazo despierte a la casa entera. —Buenos días, Owencito, ¿qué hay? —a pesar de todo, Miguel no puede dejar de sonreír al pensar en tía Lola saludando a ese alto muchacho con un diminutivo.

—Ay —suspira tía Lola, y por la cara que pone y el tono de lamento de su voz, Miguel sabe que las noticias no son buenas. Cuando toma el teléfono, Owen le explica que Dean estuvo enfermo toda la noche, con algún virus que pilló, tal vez el del coronel, y que definitivamente no está en condiciones de jugar.

—Ya se lo dije a Rudy —continúa Owen—. Me pidió que te llamara mientras él trata de encontrar a alguien que lo sustituya.

Miguel sabe lo que le preocupa a Rudy. Patrick, el

único sustituto que tienen para hoy, es su peor jugador, pequeño para su edad, terriblemente ansioso por jugar bien, pero sin la coordinación necesaria para hacerlo todavía. Entre tanto, el equipo perdió a su mejor jugador: Dean es un bateador duro y un gran receptor con un brazo poderoso... el tipo de jugador que eleva el nivel de todo el equipo. No en vano se pasa el día practicando con su hermano mayor. Al fin y al cabo, Owen es lo suficientemente bueno como para ayudarle a Rudy con los entrenamientos. Miguel se ve de repente deseando que alguien más se retire para que así haya que cancelar el partido, pero hace a un lado esa idea. ¿Qué actitud es esa para alguien que va a jugar hoy? Está derrotado antes de comenzar.

Miguel queda tan absorto con las malas noticias que, cuando finalmente mira el reloj, falta un cuarto para las ocho. ¡El calentamiento para el juego empieza en quince minutos! ¿Y dónde está Papi? Anoche dijo que quería llevar a Miguel al campo de juego en el pueblo, donde tendrá lugar el partido.

Miguel va a toda prisa al cuarto de estar y le da una sacudida a su papá para despertarlo. —¿Qué pasa? ¿Qué pasa? —gruñe, para luego darse la vuelta y murmurar—. Dame cinco minutos, mi'jo.

—¡Papi! ¡Es que tengo que irme ya! —Miguel sabe que cinco minutos más o menos no es la gran cosa. Pero todo está sucediendo tan de prisa que necesita sentir que tiene el control, así sea sobre los detalles mínimos. Y su papá nunca ha sido lo que Mami llama una persona madrugadora. Cinco minutos con él podrían volverse quince o veinte antes de lograr sacarlo de la casa. Y se le cruza otra idea que de inmediato trata de reprimir: ¿Por qué su papi no puede parecerse un poco más a Víctor?

Víctor se acerca a Miguel por detrás, con las llaves en la mano. —Oye, capitán, yo te llevo. Tu papá puede llegar más tarde.

Miguel vacila. Una vez que Papi se despierte, las cosas no se verán tan bien. Pero no puede dejar de preocuparse por lo que podría pasar. ¡Todo se desmorona a su alrededor!

—Está bien —acepta al fin, y recoge su equipo.

Víctor ya está en los escalones de la entrada cuando adivinen quién baja por las escaleras, completamente vestida con jeans y camiseta: Essie. —¿Ya se van? —pregunta.

Miguel asiente, con la esperanza de librarse de ella. Pero se olvida de lo insistente que puede ser Essie. Por supuesto que va tras él y, cuando ve a su padre en la *van*, pregunta si puede acompañarlos.

Ahora es Víctor el que vacila. Pero lo cierto es que discutir con Essie siempre toma tiempo, y Miguel ya debería estar en camino. —Por mí no hay problema —dice Miguel, y se encoge de hombros, ya que Víctor lo mira a la espera de su respuesta.

La mayoría de sus compañeros de equipo ya han llegado cuando entran al estacionamiento. Los ánimos están por el suelo. A ningún equipo le gusta perder a su mejor jugador antes de un partido importante. Incluso el propio Rudy se ve nervioso, contrario a lo habitual.

Irónicamente, el único calmado es el mensajero que trajo las malas noticias. Owen da el orden de bateo, y añade un par de frases sobre los méritos de cada jugador. Cuando llega Patrick Jonrón Seguro (¡sí, claro!) mira a Rudy. ¿Dónde ubicar a Patrick para que haga el menor daño posible? Hay algo obvio: no pueden arriesgarse a ponerlo de receptor, pues es una posición crucial para ganar el juego.

A lo mejor todo se debe a haber visto el uniforme de Dean, que Owen trajo en caso de que lo necesitara algún sustituto inesperado, o quizás es por ver a Essie que se baja de la *van* a saludar a sus nuevos amigos, el hecho es que la cara de Rudy cambia de expresión. —Somos un equipo de la liga de verano —dice, sin que venga a cuento—. Y esta jovencita ha estado practicando con nosotros. ¿Qué tal si...? —señala a Essie—. ¿Estás lista para jugar?

Miguel está a punto de gritar "¡NO!", pero Essie se le adelanta con su grito de "¡SÍ!". Miguel no puede creer que esto esté sucediendo de verdad. Es peor que las pesadillas de la noche anterior. Pero razona consigo mismo. Quiere vencer a las Panteras de Panton, ¿cierto? ¡Y esta puede ser la única manera! Ha observado a Essie en las

146

prácticas y, a pesar de que puede ser muy pesimista y además una pesada, lo que no se puede negar es que sí sabe jugar béisbol.

El uniforme de Dean le queda muy grande, por supuesto. En un abrir y cerrar de ojos Víctor va y vuelve de la casa para traer a tía Lola con su costurero. Mientras que el equipo calienta, tía Lola se ocupa de subirle el dobladillo a las mangas y los pantalones. Media hora después, Essie sale del *dugout* y parece una versión reducida de Dean. Mientras Miguel y ella calientan y entran en ritmo, lanzando, recibiendo, poniéndose de acuerdo en las señales, él no puede dejar de pensar que el equipo tuvo suerte de poder sustituir a Dean con Essie.

Cuando se dispersan luego del calentamiento, la tensión parece haberse disipado. El espíritu de competencia del equipo finalmente está manifestándose. —Los veo muy bien, buenas atrapadas, excelentes tiros, hits imparables —Rudy tiene elogios para todos los jugadores, y todos se animan al oírlos.

Todos excepto Patrick, que está sentado en un extremo de la banca, con la mirada baja, como si se avergonzara de sí mismo. El equipo trata de consolarlo, y lo incluye en bromas, halagando su mejoría en bateo y recepción. Pero la única forma de borrar esa mirada triste en su cara es dejarlo jugar hoy.

El equipo de Panton hace su arribo. Doce adolescentes

fornidos se bajan de una *van* que tiene dibujada en los costados una pantera agazapada. ¡Un equipo con su propia *van*! Estos muchachos son jugadores de verdad, y no solo niños que quieren algo de diversión durante el verano. Más aún, ni siquiera parece que tuvieran once o doce años. ¡Algunos de ellos ya deben tener que afeitarse! Las reglas para estos juegos de la Liga de Verano son un poco flexibles, ya que los pueblos y los equipos no están obligados a seguir al pie de la letra el manual de la Liga Infantil. Por ejemplo, Essie jamás hubiera podido jugar si este fuera un partido normal. Pero por lo general sí se respeta el límite de edad.

—No todo lo que brilla es oro —dice tía Lola y se sienta junto a Miguel, que está midiendo a sus rivales con la mirada—. Las cosas buenas vienen en empaque pequeño —añade, con otro refrán, y señala a Essie con un gesto de la cabeza—. Tienes oportunidad de ganar este juego, Miguel. Pero tienes que convencerte de eso, o si no, ya habrás perdido —y luego añade un refrán más, que Miguel jamás ha oído antes—: no caves tu propia tumba con tu cuchillo y tu tenedor.

Miguel tiene que sonreír. Tía Lola sabe decir lo que toca cuando toca. —Ya sé —responde—. Es que no dormí muy bien anoche. Supongo que estaba preocupado con todo.

Tía Lola asiente como si ya conociera la lista de preocupaciones de Miguel: su inquietud por sentir que está traicionando a su padre por el simple hecho de que Víctor le caiga bien, y que si no le cae bien, decepciona a su madre; lastimando a su padre si no le cae bien Carmen, o a su madre si le cae bien. Es como si, de la noche a la mañana, la vida entera de Miguel se hubiera convertido en un juego extraño del que desconoce las reglas. ¿Cómo se supone que debe actuar? Peor aún, ¿cómo va a concentrarse en el béisbol cuando está tan enredado en este otro juego?

—En el juego que verdaderamente importa, nadie lleva la cuenta de la puntuación —dice tía Lola, como si leyera la mente de Miguel. Y él debe verse confundido al no saber a qué juego se refiere su tía, porque procede a explicar—: el juego de la vida.

¿El juego de la vida?, suspira Miguel para sus adentros. No se siente filósofo, y no es momento de hundirse en pensamientos profundos.

—El juego de la vida es muy sencillo —continúa tía Lola—. Solo hay una regla que es muy importante seguir —saca su espada y se la entrega a Miguel. Y es hasta este instante que se da cuenta de que en sus prisas de la mañana, se olvidó de tomar su espada cuando salió de su cuarto. Otro *strike* en su contra en este día tan complicado.

Miguel se pregunta qué tipo de regla implica que uno deba tener una espada en la mano para oírla. —¿Cuál es la regla, tía Lola?

—En sus marcas, listos, fuera —bromea ella, y Miguel detesta tener que decirle que se equivocó de deporte por completo—. Esta regla tan difícil es: no importa lo que hagas, procura ser feliz mientras lo haces. Primero, si eres feliz, quedas fuera de la lista de gente que necesita ayuda de tu tía Lola. Segundo, si eres feliz haciendo algo, te divertirás sin importar el resultado. Veamos. ¿En qué número vamos? —y se mira los dedos, con el ceño fruncido.

Miguel sacude la cabeza, sonriendo divertido al ver a su chiflada tía. —Vamos en el segundo *strike*, tía Lola —bromea.

—Bueno, entonces aquí viene el jonrón —dice ella. Está mezclando las jugadas, pero al menos ya está en el deporte correcto—. Si eres feliz, la gente que te quiere también será feliz.

Miguel no acaba de entenderlo. ¿Cómo es posible que ser feliz sea una regla difícil? Pero tía Lola tiene razón en algo. Parece que toda la gente del mundo buscara ser feliz, pero el mundo no es un lugar feliz. —¿Y la espada para qué es?

—¡Para recordarte todo esto! —sonríe tía Lola.

Casi como una prueba para la capacidad de Miguel de seguir esta regla difícil, su familia llega. Miguel ha estado temiendo el encuentro con Papi, porque puede estar molesto por el hecho de que Víctor lo hubiera llevado al campo de juego en la mañana. Durante unos instantes, se plantea meterse al *dugout* para no tener que enfrentar a Papi antes del gran juego. Pero será por magia, o por la regla de oro, el asunto es que antes de darse cuenta, Miguel está saludando con la espada de tía Lola.

Su papá se acerca trotando, con un fardo de tela bajo el brazo. —Gracias, mi'jo, por no enojarte con tu viejo. Siento mucho lo de esta mañana. Supongo que con toda esta tranquilidad del campo, no oí el despertador —Papi desenrolla la pancarta que pintó en un lienzo grande—. Esta es mi ofrenda de paz —la llama. Es un hermoso campo verde como sacado de un sueño, tan impactante que incluso dos jugadores del equipo de Panton se acercan a mirarlo.

Su papi es un artista, no un deportista. Miguel lo ha sabido siempre, pero solo hasta ahora se da cuenta de que tiene su propia manera de mostrar su orgullo por su hijo con el talento que tiene.

Y en este preciso momento, Miguel tiene también un talento que quiere usar: jugar béisbol. Si pierde, pues pierde. Siempre podrá volverlo a intentar. Mañana será otro día, y el juego no se acaba hasta que se acaba, como el gran Yogi Berra solía decir. La verdad es que muchas son las veces que tía Lola lo lleva a recordar a este gran dirigente del béisbol.

●●●

151

Este juego entre las Panteras de Panton y los Muchachos de Charlie va a pasar a la historia del pueblo porque mantuvo a los fanáticos en vilo hasta el último minuto. El marcador comienza a crecer. Primero, las Panteras llevan la ventaja por una carrera, y luego serán los Muchachos de Charlie, para seguir así, cabeza a cabeza. En cierto momento, Miguel mira alrededor y se da cuenta de que tiene toda una sección de animadores, con pancartas que suben y bajan, la tela que Papi pintó enteramente desplegada, Victoria pitando y una serie de espadas que se agitan. Eso lo llena de confianza, y su corazón desborda gratitud. Toda esta gente lo está animando a él, y no solo en este juego de hoy. Tía Lola tiene razón: lo quieren ver feliz en todos y cada uno de los días de su vida.

Lo que verdaderamente les permite a los Muchachos de Charlie mantenerse al nivel de las Panteras es la increíble habilidad de Essie para dejar al otro equipo fuera de combate. El lanzador parece incapaz de tirarle una bola que ella no pueda batear. Cada vez que conecta, la gente de las graderías se pone de pie para ver mejor dónde va a caer la pelota. Es como si Essie estuviera siguiendo al pie de la letra las instrucciones de la pancarta de su hermana mayor: "¡A batear por encima del arcoíris!".

La multitud está enronquecida de tanto gritar, y no van a callarse ahora, en la primera mitad del quinto *inning*, con el partido empatado a tres carreras por tres. El entrenador Rudy los reúne en un grupito. Es la hora de las sustituciones, si es que van a hacerlas. Por más que parezca increíble, Rudy anuncia que va a sacar a Essie y a meter a Patrick. ¡Eso es suicida! Miguel puede entender que haya que permitir que Patrick juegue, pero preferiría ponerlo en un sitio donde no cause problemas, en el jardín derecho. No sería bueno que fuera el receptor, pues correrían el riesgo de tener un jugador débil en una posición clave en este momento del juego.

Pero más adelante, en el *barbecue* en casa de Miguel, Rudy explicará sus razones. —Eran tantos mis deseos de que el equipo ganara este gran juego, que me olvidé de qué se trata el béisbol. Me equivoqué al escoger a Essie para reemplazar a Dean, pues Patrick era a quien le correspondía hacer la sustitución. Pero Dios, que nos ama tanto como algunos de nosotros amamos el béisbol, me dio una segunda oportunidad para hacer lo correcto. Me golpeó la cabeza con su bate despertador.

Sin embargo aquí, en la parte alta de la quinta, Dios no ha golpeado a Miguel con el mismo bate. Se lleva a su entrenador aparte. —No saques a Essie ahora, por favor —pero Rudy se mantiene firme porque sabe que hace lo correcto.

—Así vamos a seguir jugando, capitán.

Miguel se siente con ganas de armar un motín. Al fin y al cabo, él es el capitán y, como siempre dice tía Lola, "donde manda capitán no manda soldado". Pero Rudy no es un viejo soldado de infantería, sino el entrenador, y eso en béisbol quiere decir que él es quien manda. Así que Miguel intenta hacer otra propuesta. Por ser los dos que no pertenecen al equipo, Essie y Patrick han estado practicando juntos toda la semana. Hacen una pareja más coordinada que Miguel y Patrick. —Está bien, entrenador. Entonces, que Essie me reemplace a mí.

Rudy levanta las cejas sorprendido. Miguel no es un niño que renuncie fácilmente a un juego. No hay sino que ver la manera en que se empeñó en seguir a pesar de su tobillo lesionado. Pero Rudy debe darse cuenta de que no es el único que va a tener hoy una oportunidad de convertirse en una mejor persona. El entrenador y el capitán intercambian miradas. —¿El tobillo aún te molesta? —Rudy le ofrece una manera de disculparse con sus compañeros. Miguel asiente. Aunque todavía faltan dos entradas para que termine el juego, esta es la manera en que uno gana en el juego de la vida, y también en el béisbol.

—Son las pequeñas victorias en un partido las que cuentan —les ha dicho siempre Rudy. Pero esta vez las obtienen ambas. La bola rápida de Essie poncha a dos bateadores. Y el último *out* se registra cuando Andrew detiene un *line drive*. Mientras tanto, el pequeño Patrick pasa al bate en la parte baja de la última entrada, y golpea una bola enviándola muy alto y lejos. Un *fly* que sorprende incluso al jardinero derecho de las Panteras, que tropieza y deja caer la pelota. Essie llega al *home* y anota, y los Muchachos de Charlie ganan el juego 4 a 3. ¡Y están más felices que nunca!

● ● ●

—Gracias por dejarme lanzar, capitán —le dice Essie a Miguel durante el *barbecue* para el equipo, después del juego—. Y tenías razón. De verdad puedes hacer magia.

¿De qué diablos está hablando? Ella es la que tiene el brazo mágico, bolas rápidas que sacan del juego a los bateadores y jonrones que recorren millas y millas. —¿A qué magia te refieres?

—¿Te acuerdas que cuando dijiste que podías hacer magia, yo te pedí que hicieras esta semana algo más emocionante que estar en Disney World? Bueno, ¡pues ha sido diez veces más divertida! —Essie sigue eufórica por el triunfo en el juego. A lo mejor va a seguir así para siempre.

Cuando ya casi han terminado de comer, Rudy hace sonar su vaso con un cuchillo. Tiene un anuncio para todos. —Ha llegado el momento. Su viejo entrenador ya no puede seguirles el paso, muchachos. Esta va a ser mi última temporada como entrenador.

El ánimo del equipo en conjunto se desploma en picada. Lo bueno es que hizo su anuncio después del juego

155

y no antes, pues si no, seguro habrían perdido. Pero Rudy niega con un gesto de la cabeza. —La magia está en ustedes, muchachos, no en mí —suenan como palabras de tía Lola—. Además, no los estoy abandonando a su suerte. Tengo un plan —los deja en suspenso unos momentos, antes de señalar a Víctor—: Durante esta semana te he estado observando, Vic. Tienes lo necesario para entrenar a estos muchachos y sacar lo mejor de ellos como equipo. Así que espero que pronto te vengas a vivir aquí para que tomes el relevo.

Víctor ha estado mirando con añoranza a Linda a lo largo de este discurso de despedida de Rudy. Tras un silencio incómodo, ofrece la misma respuesta que les ha dado a sus hijas: —No depende solo de mí, ya saben.

—Bueno, si depende del equipo, que los que estén a favor digan sí —Rudy se vuelve hacia los jóvenes jugadores a los que ha estado entrenando en varias temporadas. Todos aplauden y vitorean a su futuro entrenador, Víctor.

Todos menos su capitán, que se siente con el corazón partido en dos. Por un lado, le encantaría tener a Víctor como entrenador. Pero Papi lo está observando. Antes de votar, Miguel quiere estar seguro de que su padre sepa que en el gran juego de la vida, como lo llama tía Lola, Papi siempre será su principal entrenador y guía.

● ● ●

156

—Me da mucho gusto que la estés pasando tan bien, mi'jo
—le dice su padre, con voz tristona. Al fin, padre e hijo
tienen un momento para caminar hasta el campo de atrás
luego del *barbecue*. Una vez que oscurezca, la familia de
Miguel y las Espadas van a encender una fogata de campamento a modo de despedida, por idea de tía Lola.

Miguel le ha estado contando a Papi de sus aventuras
de la semana. De cómo tía Lola había empezado lo del
campamento de verano para las niñas, pero que después se
convirtió en un campamento para todo el mundo. La búsqueda del tesoro nocturna, las espadas mágicas para vencer
un reto, la fiesta del 4 de Julio que se organizó a último
momento. Aunque se lesionó el tobillo y no pudo jugar
durante un par de días, Miguel está completamente de
acuerdo con Essie en que ha sido una semana divertida.

Solo hay una cosa que le ha hecho falta: Papi. Miguel
quiere que su papá lo sepa. Pero a diferencia de Mami o
Juanita o tía Lola, él no sabe bien cómo poner sus sentimientos en palabras. Y en este preciso momento, no tiene
la espada de tía Lola ni la suya. Las dos están arriba, en su
cuarto.

Pero tía Lola siempre dice que la magia en realidad está
en cada persona, y que las espadas solo sirven para recordarnos eso. Así que Miguel toma aire y saca todo en una sola
frase: —Papi, tú siempre vas a ser mi papá, sin importar lo
que pase. Incluso si Mami se casa con Víctor, ¿verdad?

—Pero claro, mi'jo —contesta Papi, y toma a su hijo y le da un abrazo largo y sentido. Cuando se separan, Papi tiene los ojos aguados, pero con lágrimas de felicidad—. Quiero que tu mamá sea feliz. Y si ella es feliz y yo también, creo que Juanita y tú también lo serán. Y claro que habrá momentos en que sienta un poco de tristeza por no ser yo el que viva con ustedes, pero cuando los eche mucho de menos, puedo subirme al carro con Car y venir, o pedirle a tu mami que me los mande con tía Lola. ¿Te parece bien?

¡Más que bien! Es exactamente lo que Miguel quiere: ver a su papá a menudo y seguir viviendo en Vermont.

Toda esta conversación sobre la tía Lola le recuerda a Miguel cuánto le ha ayudado ella hoy. ¿Por qué no darle su espada, ya que él tiene la de ella? La regla de oro para dar y regalar: dales a los demás tal como ellos te han dado a ti.

Arriba, Miguel encuentra su espada aún apoyada en la silla junto a la puerta de su cuarto, donde la dejó para acordarse de llevarla al juego. Antes de tomarla para bajarla a la fogata, Miguel tacha su nombre y escribe "Tía Lola" en la hoja, seguido de una enorme carita feliz.

sábado en la noche y domingo en la mañana

La partida de las Espadas

—Esta noche nos decimos hasta luego —le dice tía Lola al grupo ya reunido—. Hasta luego por ahora, y no adiós para siempre.

Están todos sentados alrededor de la fogata en el jardín de atrás. Ya cayó la noche y el cielo está nublado. Abuelito y Abuelita se han ido a la cama, cansados luego de un día agitado. Pero los demás permanecen allí, sin querer romper la magia de estar juntos.

Las tres niñas Espada están sentadas en orden ascendente de edad, y luego Carmen y Papi, Miguel y Juanita, después Valentino, Mami que lo tiene abrazado, y finalmente Víctor, cerrando el círculo. En el centro está tía Lola, alimentando la fogata. Con las llamas que le iluminan la cara y sombras que le brotan de los brazos al moverse, parece una mujer sabia como las de los cuentos de hadas.

—Algunos de ustedes llevan aquí una semana, y otros acaban de llegar. Pero esta noche, nos unimos todos en un círculo de amistad al que siempre podremos regresar en nuestros corazones.

—¡Ay, tía Lola! —dice Victoria con los ojos brillantes—. Nos vas a hacer llorar.

—Yo no voy a llorar —anuncia Essie, y se aclara la garganta, por si acaso. Ya ha sucedido antes que los sollozos la traicionan.

Cari se abraza a su padre. —No quiero irme de Vermont, Papá —gimotea.

—Bueno, ¡pues nos toca! —agrega Essie tajante. Claro que le encantaría darse el lujo de desear lo contrario. Pero a pesar de la firmeza que muestra, unas minúsculas lágrimas se acumulan en el rabillo de sus ojos.

Victoria todavía alimenta la esperanza de que su padre, o tal vez Linda, hagan algún anuncio. Pero Linda no ha dicho nada, y no parece que fuera a hacerlo. Habrá que olvidarse de la mudanza por el momento. ¿Por qué los adultos siempre le ponen freno a sus sentimientos? ¡No es de sorprenderse que Romeo y Julieta fueran adolescentes! ¡Por eso tenían que morir antes de hacerse adultos y dañarlo todo!

—Voy a echarlos de menos a todos, seguro que sí —aunque ese "todos" incluye a los nuevos amigos que ha hecho en Vermont, sentados en este círculo, una cara en particular aparece en su mente. Un muchacho alto, de ojos azules, catorce años, con hermoso pelo castaño—. Es triste cuando las cosas llegan a su final.

Al otro lado del círculo, Valentino suelta uno de sus suspiros, para toda ocasión.

—Sé que las despedidas son difíciles —reconoce tía Lola—, pero sin ellas no podemos empezar nuevas aventuras.

A Essie le gusta esa idea. Una nueva aventura. Antes de esta semana de campamento de verano, pensaba en su vida como algo monótono y aburrido. Pero tía Lola la ha hecho darse cuenta de que cada día es una historia que ella misma puede tratar de llevar a un final feliz. Y la felicidad no se limita nada más a lugares como Disney World, sino que puede darse en cualquier parte. Hasta en Queens, aunque Essie preferiría que sus aventuras felices sucedieran en Vermont de ahora en adelante.

Agarra el mango de su espada samurái. Es curioso que todos los que están en el círculo trajeron sus espadas, aunque tía Lola no haya sugerido que lo hicieran. Simplemente parecía apropiado tenerlas para la fogata de despedida. A excepción de los recuerdos que quedan en la memoria y de un triste anillo para saber el estado de ánimo, las espadas son el único souvenir de esta semana en el campamento de tía Lola.

—La primera noche que estuvieron con nosotros —dice tía Lola y con un gesto de la cabeza abarca a todos los Espada que forman una sección del círculo—, fueron a una búsqueda del tesoro, ¿se acuerdan? —claro que se acuerdan. Las sonrisas se extienden en las caras de las niñas—. Así que ahora, que estamos cerrando la semana, vamos a participar en otra especie de aventura del tesoro.

—¡*Cool*! —Essie se pone de pie, lista para salir hacia donde sea. Y más vale que se den prisa porque la lluvia ya viene. Ha estado oyendo los truenos a los lejos. En cualquier momento, Papá va a recomendar que entren a la casa antes de que les caiga un rayo o pesquen un frío de muerte.

Pero extrañamente, Papá no dice nada, como si él también estuviera bajo el hechizo de la voz de tía Lola. El fuego crepita. A lo lejos, las ranas toro cantan su serenata de despedida para las Espadas. "El día se acabó, las Espadas se van, de los lagos y las colinas, de Vermont..."

—¿No necesitamos ir por las linternas, tía Lola? —pregunta Essie. ¿De qué otra forma van a encontrar el camino en esta noche oscura en donde no se ve ni una estrella ni un cachito de luna?

—Es que no es ese tipo de búsqueda del tesoro, Esperanza —explica tía Lola, llamándola por su nombre completo. Cada vez que ella lo dice, otro rayo de sol penetra en el corazón de Esperanza, que antes solía vivir triste. ¡No más! Ahora está llena de expectativas para la historia de su vida—. Esta aventura del tesoro sucede en nuestra imaginación —dice tía Lola, y se da golpecitos en la cabeza, para luego con un movimiento del brazo cobijar todo el círculo bajo la sombra de una gran ala.

Essie refunfuña y se sienta de nuevo. ¿Cómo puede haber una búsqueda del tesoro sin tener que hallar las pistas y correr de un lado a otro? Pero no se desespera porque, si algo ha aprendido esta semana, es que tía Lola puede transformar lo que sea en pura diversión.

—Así es como funciona esto. Pongan atención, pues una palabra es suficiente para los sabios —tía Lola ha estado aprendiendo muchos refranes en inglés este verano, y ahora hasta los usa en español. Para el otoño será una mujer sabia en dos lenguas—. Quiero que cada uno de ustedes piense en algo especial de esta semana que quisiera que todos los demás tuvieran.

El silencio que flota alrededor del círculo le recuerda

163

a Miguel la clase de inglés luego de que la señora Prouty les pusiera alguno de sus complicados ejercicios. La diferencia es que su tía siempre sabe explicar las cosas. Pero antes de que pueda hacerlo, Essie ya está preguntando:

—¿Y entonces por qué es una búsqueda del tesoro, tía Lola?

—Es una aventura de tesoro, no una búsqueda, Esperanza. En realidad, estamos llenando el cofre —y tía Lola se da unas palmaditas en el pecho, para indicar que ese es el cofre—, con tesoros que podemos sacar y usar si los necesitamos. Lo único que tenemos que hacer es recordar lo sucedido esta noche.

Essie asiente varias veces, bajando la barbilla hasta el pecho, como si ya hubiera entendido a qué se refiere todo. Tal vez por eso tía Lola le pregunta si quiere empezar. Pero como cosa rara, Essie, a quien siempre le ha gustado ser la primera, dice que prefiere ceder el turno.

—¿Nosotros podemos participar? —pregunta Carmen, señalando a Papi con la cabeza—. Quiero decir, no hemos estado aquí toda la semana, ¡pero he recibido tanto en este solo día! Quisiera dejar algo en el cofre del tesoro.

—¡Pero claro que pueden participar! —contesta tía Lola—. Cualquier aporte implica que habrá más tesoros en nuestro cofre. Pero primero, antes de que pongas tu tesoro en palabras, todos tienen que cerrar los ojos.

—¿Y por qué? —quiere saber Cari. No está segura de

164

querer cerrar los ojos. Ya oscureció y eso le produce suficiente miedo.

—Porque el tesoro es imaginario, así que tienes que verlo con los ojos de la imaginación. Y una vez que logras hacerlo, ya estará dentro de ti —explica tía Lola—. Como cuando te ensueñas pensando en algo sin estar dormida.

—¿O sea, cuando sueño despierta? —a Cari le gusta decir las cosas de la manera precisa.

—¡Exactamente! —tía Lola aplaude.

Cari cierra los ojos y, extrañamente, no siente nada de miedo. Es como cuando en un teatro apagan las luces justo antes de que empiece una película divertida.

—Cierren los ojos —les recuerda tía Lola a los demás. Todos siguen sus instrucciones, y seguramente tía Lola también, pero quién lo sabe si tienen los ojos cerrados.

—Bien, esto es lo que me gustaría poner en nuestro imaginario cofre del tesoro —empieza Carmen—. Un enorme fardo de gratitud. Espero que ese sea el tipo de tesoro al que te referías, ¿cierto, tía Lola? —Carmen entreabre los ojos y ve a tía Lola sonriendo en el centro del círculo, con los ojos cerrados—. Me siento tan agradecida —continúa Carmen—. Agradecida con Linda, que nos permitió quedarnos a todos bajo el mismo techo. Agradecida con tía Lola, por compartir su cuarto, agradecida con Miguel y Esperanza por haber jugado un partido tan emocionante, agradecida con Juanita por sus lindas flores...

Miguel siente que le caen unas gotas en la cara. Carmen parece genuinamente agradecida. Pero más vale que alguien la interrumpa, pues el cofre del tesoro corre el riesgo de convertirse en una cubeta llena de agua de lluvia.

—Me siento tan agradecida por ser parte de dos familias maravillosas: la de mi amigo Víctor y la de Daniel. Y la de Linda —añade Carmen, para complacer a todos—. Cuando alguien necesite un poquito de gratitud, no tiene más que buscarla en este cofre.

—¡Perfecto! —exclama tía Lola, felicitando a Carmen por su aporte.

Victoria ha estado haciendo su propia lista mental de cosas por las cuales está agradecida. Pero si no se agrega un algo específico, la mayor parte de los elementos de su lista dejan de tener sentido. —Yo tengo algo qué añadir al cofre del tesoro, si puedo ser la siguiente —ofrece. Es algo que aprendió esta semana, y que de verdad necesita en este momento de su vida. Toma aire para llenarse de valor, y se lanza—: Me gustaría agregar la independencia.

Victoria percibe la tristeza de su padre que la alcanza por el círculo. *Ay, Papá*, quisiera decirle, *por favor, por favor déjame ir un poco más allá. Te prometo que siempre voy a volver.* —Si no tienes independencia, ¿cómo vas a perseguir tus sueños? —Victoria se dirige a todo el grupo, pero en realidad le habla a su padre—. Supongamos que quieres estudiar español en México, o mudarte a Vermont para vivir más cerca de la naturaleza... —su voz se pierde. No está preparada para compartir otro aspecto de la independencia: tener un novio. Su padre se pondría furioso.

—Uno necesita independencia para convertirse en quien verdaderamente es —le ayuda Linda—. Yo no estaría hoy en día aquí si no fuera por la independencia.

—¡Tú lo has dicho! —concuerda Carmen—. Yo usé hasta la última onza de independencia cuando fui a estudiar leyes. Por eso estoy tan agradecida de que pongas algo de ella en el cofre, pues voy a necesitar un poco más.

Víctor no puede negar la verdad de estos testimonios. Después de todo, es abogado. —Si estás lista para más, tía Lola... —en el silencio, el fuego susurra *Sí, sí, sí*, o tal vez es tía Lola, dándole a Víctor luz verde para hablar.

Miguel se prepara para un golpe. Si Víctor llega a mencionar amor o matrimonio, ¿qué tal que eso altere la atmósfera cálida y maravillosa de este círculo?

—Yo escojo los sueños —dice Víctor con voz ilusionada. Miguel no se sorprende mucho, ya que Víctor le ayudó a cumplir su sueño de jugar en el partido de hoy—. Nunca debemos dejarlos de lado, sean lo que sean... jugar béisbol o convertirnos en artistas —qué bonito que mencione eso especialmente para Papi—, o casarnos con quien amamos. Los sueños son la sangre que corre por las venas de la vida. ¡Así que pongo un gran trozo de este deseo en nuestro cofre del tesoro, tía Lola!

—Hay espacio suficiente para eso —dice tía Lola, riendo. Eso es lo lindo de la imaginación: se puede expandir, es reversible, flexible, duradera, etc., etc., etc.

Juanita ha estado tratando de imaginarse los aportes con todo detalle. No ha sido nada sencillo. ¿Qué se supone que debe uno ver cuando se habla de gratitud, independencia o sueños? Pero tía Lola dijo que cada quién podía escoger algo que le hubiera gustado mucho de esta semana para ponerlo en el cofre del tesoro. —Yo quiero meter flores, que sean mágicas y florezcan durante todo el año.

Por el silencio que acoge su anuncio, Juanita se pregunta si habrá dicho lo que se esperaba. En su mente puede oír la voz de su hermano, tal como la primera noche con las Espadas, cuando Juanita desgarró el papelito con la pista en la búsqueda del tesoro. Miguel no le dijo que era una estúpida frente a todos, pero ella lo vio escrito en la cara de su hermano. Ahora, con los ojos cerrados, no puede descifrar su expresión, pero percibe lo que debe estar pensando: *¡Qué tesoro más idiota!*

—¿Las flores están bien? —le pregunta Juanita a tía Lola. Está lista para defender su idea, y es algo que aprendió esta semana de Essie y sus hermanas. ¡Las flores deberían estar permitidas, así sea simplemente porque son más fáciles de imaginar que todo lo demás que han dicho hasta ahora!

—Creo que las flores son algo que todos podríamos aprovechar mejor —aprueba tía Lola sin reservas—. Nos recuerdan que hasta la hazaña más increíble tuvo su origen en una semillita de esfuerzo, regada con una buena cantidad de paciencia y práctica.

Juanita sabe que Miguel en realidad no dijo nada en contra de su tesoro de flores, pero igual siente el deseo de volverse hacia él y decirle: *¿Viste? ¿Viste?*

Ahora que Juanita escogió las flores, Cari quiere añadir algo que a ella le encanta de la naturaleza: —¿Puedo meter en el cofre a los renacuajos? Y también a sus papás y mamás —agrega. Al fin y al cabo, Cari no quiere ningún tesoro que implique dejar a nadie huérfano, así sean ranas nada más.

Todo este asunto se está volviendo un poco tonto, piensa Miguel. Ya entendió cómo funciona esta aventura. El cofre es para meter sentimientos o cosas especiales que cada quién aprendió durante la semana. Pero tía Lola, por ser como es, sabe cómo convertir hasta un aporte ridículo en algo valioso.

—Creo que los renacuajos y las ranas son otra cosa muy importante para nuestro tesoro imaginario —le dice tía Lola a Cari—. Y ni siquiera tenemos que sacarlos de su estanque.

—¡Un momento! —Essie ya vuelve a su antigua personalidad a la que tanto le gusta llevar la contraria—. ¿Cómo pueden ser un tesoro las ranas y renacuajos?

—¡Porque sí! —exclama Cari. Ha aprendido a ser valiente y osada en esta semana. Las dos hermanas tienen los ojos abiertos y se fulminan con la mirada, cosa que va contra las reglas de esta aventura del tesoro.

—Niñas —las amonesta su padre.

—Cierren los ojos —les dice tía Lola con cariño—. Imaginen esos huevos como perlas, ensartados en collares, y cómo se convierten en renacuajos, y estos en ranas... es un tesoro muy valioso. Nuestra vida está llena de cambios, y en cada etapa tenemos la oportunidad de ser una persona completamente nueva, pero con nuestra personalidad de siempre en el fondo.

El pecho de Cari se ensancha de orgullo. No entiende del todo lo que tía Lola acaba de explicar, pero sabe que le dio la razón.

—Gracias por tu tesoro, Cari —y ahora habla el padre de Miguel—. Entre todos los presentes en este círculo, yo he tenido que pasar por muchos cambios, y espero que eso me haya ayudado a mejorar.

Mami no dice ni una palabra. Pero cuando Miguel abre los ojos un poquito, alcanza a distinguir a Carmen que le toca la rodilla a Papi, como si estuviera de acuerdo con él.

—Lo que me gustaría traer a este círculo son las segundas oportunidades, de manera que si cometemos un error, haya chance de enmendarlo y hacerlo mejor la siguiente vez.

Ahora flota un tipo de silencio diferente sobre el círculo. Es como si Papi le hablara directamente a Mami por medio de su aporte al tesoro. Y Mami sería la primera en admitir que todos cometemos errores. Siempre le está diciendo a Miguel que se levante y lo intente de nuevo.

Mami se aclara la garganta para que todos se enteren de que quiere ser la siguiente. —Perdón —dice, simple y llanamente—. Creo que es importante saber perdonar para poder seguir adelante con el corazón ligero —no da más explicaciones. Tal vez Miguel se lo imagina, pero le parece oír que la fogata susurra *Sí, sí, sí.*

Está a punto de tomar el turno, cuando Esperanza habla. —Amistad. Yo quiero poner amistad. Eso es lo que más me ha encantado de Vermont.

—Me encanta Vermont —dice su hermana menor, y con eso se liman las asperezas entre ambas.

—La amistad es un excelente aporte —comenta tía Lola—. Sin ella, el mundo sería un lugar muy vacío.

Por alguna razón, el coronel Charlebois aparece en la mente de Essie. Se pregunta si habrá encontrado quién alquile parte de su casa para no sentirse tan solo en esa

171

inmensidad. ¡Si su familia pudiera irse a vivir allá! Pero no parece que eso fuera a suceder. Ni Papá ni Linda han dicho nada sobre planes futuros. Essie va a tener que echar mano del tesoro incluso antes de irse de Vermont, para perdonarlos a ambos por defraudarla.

Valentino ladra, para recordarles a todos que él también está en el círculo. Pero a diferencia de los demás, él solo puede expresarse con meneos de cola, suspiros y ladridos. A lo mejor esa es su contribución al cofre del tesoro: la compañía que no necesita hacer uso de palabras. Uno puede sentarse callado alrededor de una fogata con sus amigos y sentirse perfectamente feliz.

—Okey, tía Lola —Miguel toma el último turno—. Lo que yo quiero poner en el cofre también es un regalo para ti, ¿bueno?

Y ahora es tía Lola quien rompe sus propias reglas y abre los ojos. —¿Para mí? —está sorprendida porque su sobrino le hubiera preparado un regalo cuando ni siquiera sabía de esta aventura del tesoro que ella había planeado para la última noche.

—Sí, para ti —dice Miguel, y toma su espada. Para este momento, todos han abierto los ojos para ver cuál será el regalo para tía Lola. Miguel espera que su tía no se vaya a decepcionar porque él nada más le está devolviendo algo que ella le dio—. Quiero darte mi espada. Mírala. Dice "Tía Lola" y la carita feliz es para traerte felicidad.

Eso es lo que quiero meter en el cofre, felicidad, con un pedazo muy grande especialmente para ti.

Una amplia sonrisa se dibuja en la cara de tía Lola. De hecho, parece el modelo para la carita que su sobrino pintó en la espada. —¡Gracias! —dice ella, y acepta el regalo.

Unos segundos más tarde, como si el propio cielo hubiera estado esperando su turno también, deja caer un montón de gotas agradecidas. La lluvia rompe, y el círculo de felices campistas se dispersa para meterse a la casa. El jardín se empapa agradecido. Todos corren para refugiarse, y dejan sus espadas olvidadas. ¿Ya qué importa? Han cumplido con su propósito. Entre tanto el cofre del tesoro está lleno, más que nada con lo que cada quién aprendió y disfrutó de esta semana en el campamento de tía Lola.

Solo Essie se devuelve, para recoger su espada samurái. Está tan empapada que la deja desenvainada en el pasillo de los percheros durante la noche, para que la hoja y la vaina se puedan secar bien. En la mañana, cuando las revisa antes de desayunar, la espada está seca pero la funda sigue húmeda por dentro.

El *brunch* es muy agitado, con el equipaje de todos disperso por la planta baja como si estuvieran en un aeropuerto, pero sin ninguna de las emociones que implica un viaje en avión. Solo tienen la perspectiva de un largo y aburrido trayecto de carretera hasta la ciudad. Los niños están cabizbajos. La lluvia no ayuda. En determinado momento, cuando Essie mira por una ventana de atrás, ve los restos de la fogata que parecen un diminuto estanque rodeado por siete Excáliburs maltrechas. Papá se ve triste, y Linda está inusualmente apagada, aunque con toda la conmoción de la partida es difícil saberlo con seguridad.

Justo después del *brunch*, Papi y Carmen y los abuelitos parten. Al poco tiempo son las Espadas las que están en el pasillo de entrada, alistándose para su viaje de regreso. En la cocina, Mami y tía Lola están preparando una cesta con cosas de comer para el camino. Papá subió la *van* a la grama, para acercarla a la entrada y así cargar más fácilmente las maletas y mochilas sin mojarse mucho. Lleva a cabo su labor muy serio, como si cada bulto de equipaje que mete en la *van* sirviera para sellar la entrada a su corazón.

Cuando todo está cargado, Essie revisa nuevamente la funda de la espada, pero sigue sin secarse. —¿Puedo llevármela así? —le pregunta vacilante a su padre, con la espada en una mano y la vaina en la otra—. Te prometo que tendré cuidado —sabe lo estricto que es Papá con respecto a los objetos peligrosos que pueden cortar dedos de los pies o clavarse en las tripas de un perro.

Pero a su papá parece que no le importara ni una cosa ni la otra. Por un lado, eso es bueno pues Essie puede salirse con la suya, pero también es desconcertante porque, ¿si no cuenta con su padre, quién la va a respaldar si algo sucede?

—¿Cuál es el problema? —pregunta Mami. Acaba de entrar con tía Lola y una enorme canasta de cosas apetitosas cubierta con un paño de cocina verde. Ambas sonríen alegres, como si los Espada estuvieran llegando en lugar de preparándose para salir.

—En realidad no es un problema —se apresura a explicar Essie antes de que el asunto pase a ser un problema de verdad—. Solo que la vaina de la espada todavía está húmeda de la lluvia, pero la puedo envolver en una toalla para llevármela.

Mami se agacha a su lado. —Te propongo otra alternativa: en lugar de llevártela para luego tener que volverla a traer, ¿por qué no la dejas aquí para cuando se muden a Vermont, muy pronto? ¿No te parece, Víctor?

Es como si a Papá le hubieran lanzado una cubeta de felicidad en plena cara. Essie es la primera en notarlo. —O sea que... ¿nos vamos a mudar a Vermont? —el papá de Essie mira a Mami en busca de confirmación.

—Quería que fuera una sorpresa —dice Mami sonrojándose al sentirse delatada. Mete la mano bajo el paño verde y saca una nota de la canasta, que le entrega a Víctor. —A todos los Espada —lee en voz alta—: Por favor, vénganse a Vermont y traigan también a Valentino, pues si no se me va a romper el corazón hasta matarme de tristeza, y podrían acusarlos de asesinato.

Las niñas se ponen a gritar de emoción. Valentino ladra y bate la cola. ¡Mami dijo que sí! Papá le da un largo abrazo feliz, pero su alegría es demasiada para ellos dos y la tiene que compartir abrazando a cada una de sus hijas, a Juanita y a tía Lola, y finalmente a Miguel. Con el pelo mojado y despeinado, parecería un joven que hubiera recibido una segunda oportunidad para cumplir un sueño. Mientras tanto, Essie ha olvidado el asunto de su espada. Puede sacrificarse varias semanas sin las cosas que quiere, si al final de ese esfuerzo van a mudarse a Vermont.

En los días y semanas siguientes se harán planes por teléfono, pero por ahora es momento de despedirse. A pesar de lo difícil que resulta decir adiós, es mucho más fácil cuando uno sabe que volverá pronto. Mami y Juanita salen al porche a decir adiós hasta que la *van* desaparece de su vista, en la curva del camino.

Miguel se queda en el pasillo de entrada, aturdido por las noticias que acaba de recibir. Y luego, como si no hubiera pasado toda una semana, su tía está a su lado. Le da un apretoncito en el hombro, tal como hizo cuando llegaban las Espadas. *Busca en el cofre del tesoro*, parece que le dijera con la mirada. *Ahí encontrarás lo que necesitas.*

Miguel rememora la fogata de la noche anterior. Está agradecido porque sus papás se hayan reconciliado, por que ambos estén felices. Porque pronto su equipo va a tener un estupendo nuevo entrenador. Pero les esperan grandes cambios. Afortunadamente contará con los renacuajos de Cari y la independencia de Victoria para ayudarle, además de tres nuevas amigas, sin importar que sean niñas. Pero lo más importante es que tía Lola estará a su lado, como ahora, recordándole que hay que buscar más allá, tras las flores y los renacuajos, las segundas oportunidades, el perdón, la amistad, la gratitud, la independencia, hasta encontrar su propia felicidad.

agradecimientos

Así como tía Lola le dio una espada mágica a cada uno de los participantes en su campamento, quiero darles a todos los que me ayudaron a escribir este libro una espada especial para cuando necesiten acabar con monstruos, cortar flores, alcanzar sus sueños y muchas otras cosas.

Y como siempre, también van mis gracias y *thanks* a la Virgencita de la Altagracia.

Las espadas especiales son para: Brad Nadeau, la Escuela Primaria Weybridge, el equipo infantil de béisbol Weybridge 2009, el entrenador Charlie Messenger, Roberto Veguez, Erica Stahler, Lyn Tavares, Susan Bergholz, Erin Clarke y Bill Eichner.

JULIA ALVAREZ

Entre las novelas para niños y jóvenes escritas por Julia Alvarez se encuentran *Return to Sender, Finding Miracles, Before We Were Free, How Tía Lola Saved the Summer, How Tía Lola Ended Up Starting Over* y *How Tía Lola Came to ~~Visit~~ Stay*, titulada en español: *De cómo tía Lola vino ~~de visita~~ a quedarse. Kirkus Reviews* la describió como una novela "simple, bella, un regalo permanente". Alvarez también es la galardonada autora de *De cómo las muchachas García perdieron el acento, ¡Yo!* y *En el tiempo de las mariposas*, también disponibles en inglés. En la actualidad vive en Vermont con su marido y es escritora residente en Middlebury College.

Julia Alvarez creció en la República Dominicana, entre docenas y docenas de tías. "Eran como otras mamás para mí, y siempre me pareció que había una para cada ocasión o estado de ánimo… Cuando empecé a escribir esta historia sobre una tía, no pude decidirme por una sola de ellas. Así que tomé un chin de esta, una cucharada de aquella y una taza de la de más allá: los ingredientes necesarios para mi tía Lola".